オフマイク

1

『かめ吉』は、いつもどおり、そこそこ賑わっている。満席で追い出されるほどではない。テーブル席もカウンター席も七割方埋まっている感じだ。

谷口勲は、ペア長の黒田裕介巡査部長といっしょに『かめ吉』にやってきた。黒田が誰かと待ち合わせをしているらしい。

谷口は遠慮しようかと思ったが、黒田が「かまわない」と言うのでついてきたのだ。

黒田は店内を見回し、歩きだした。一番奥のテーブル席を目指しているようだ。『かめ吉』の特等席だ。その席だけ、他の席から少しばかり離れていて、他人に会話を聞かれる心配がない。

この店は千代田区平河町にあり、場所柄警察官がよく飲みに来る。特に刑事がやってくる。刑事がいるところに、必ず夜回りの記者がいる。

そういうわけで、店内ではなんとか話を聞き出そうとする記者と、秘密を守ろうとする刑事の静かな戦いが繰り広げられるのだ。

いや、静かな戦いばかりではない。ときには激昂した刑事の怒号が響き渡る。腹に据えかねる記者のしつこさに、刑事がキレることもあるのだ。

記者に付きまとわれるのが嫌なら、別な場所で飲めばいいと、谷口はいつも思う。だが、刑事たちはこの店にやってくる。

料理の量が多く、警察官向きだという面もある。警察官ならツケでオーケーという店の姿勢のせいもあるだろう。

だが、やはり刑事たちは記者とのやり取りが楽しいのではないだろうか。誰も寄ってこない店で一人で飲んでいてもつまらないのだ。

刑事というのは面倒な連中だと、谷口は自分のことを棚に上げて、思う。

目つきが悪くて強面が多い。特に、谷口たちがいる捜査一課はそうだ。そして、記者が群がるのも捜査一課の刑事なのだ。

そんな記者たちに対して、思い切り迷惑そうな顔をしながら、誰も寄ってこないとつまらなそうにしている。

奥の席に座っていた人物が、黒田に向かって手を上げた。

「よう、久しぶりだな」

黒田と同じくらいの年齢だ。素性はすぐにわかった。同業者だと、谷口は思った。

黒田はその男の向かいに腰を下ろした。黒田の隣に谷口が座る。

「同じ庁舎にいるのに、あまり会わないもんだな」

思ったとおりだと、谷口は思った。同じ庁舎にいるということは、警察官であり、なおかつ警視庁本部庁舎で勤務しているということだ。

「まあ、おまえたちは六階で、俺たちは四階だからな」

四階だと、通信指令本部か捜査二課か……。雰囲気からして捜査二課だろう。

黒田は、ふと気づいたように言った。

「これは、谷口。俺とペアを組んでいる」

「そいつは気の毒だな」

黒田は谷口に言った。

「このふざけた野郎は、多岐川幸助だ。俺と同期で、今二課にいる」

これも当たりだった。

黒田と谷口がビールを注文すると、多岐川が言った。

「おまえ今、特命捜査対策室にいるんだよな」

「そうだよ」

「継続捜査をやってるんだろう？」

「ああ、そうだ」

「調べてほしいことがあるんだが……」

「何だ？」

「二十年前の事案だ」

「二十年前……」

注文したビールがやってきて、話が一時中断した。黒田と谷口は適当につまみを注文した。ジョッキを合わせると、三人はビールを一口飲んだ。

黒田が尋ねた。

「どんな事案だ？」

「ある自殺者についてなんだが……」

「自殺者……？」

「ここでは詳しく話せない。引き受けてくれるなら、明日カイシャで書類を渡す」

カイシャというのは、庁舎や警察組織を指す隠語で、警察官だけでなく公務員はよく使う。

黒田が無言で多岐川を見つめている。相手の真意を読み取ろうとしているかのようだ。やがて彼は言った。

「おまえが調べろと言うのだから、サンズイとかゴンベン絡みなんだろうな」

サンズイは汚職、ゴンベンは詐欺のことだ。いずれも二課が担当する。

「そう考えてもらっていいよ」

「しかし、そうなると妙だな」

「何が？」

「なんで、俺を飲み屋に呼び出してこそこそとそんな話をしているんだ？　仕事なら堂々と協力要請してくればいいじゃないか」

「正式な事案じゃないんでね」

「どういうことだ？」

多岐川は、店内を見回してから言った。

「今はまだちょっと言えないんだ」

黒田が顔をしかめた。

「もったいぶるなよ。正式な事案じゃないって、どういうことだ？」

「いろいろと微妙な問題が絡んでるんだ。頼んでおいてナンだが、秘密で捜査をしてほしいんだ」

「秘密って……。公安じゃないんだから、俺たちゃ、何をしているのかいちいち上司に報告しなくちゃならないんだよ」

「それは俺だって同じだ。特に二課は団体で動くんで……」

「なら、どうして……」

「係でちょっと話題に上ったんだけど、係長が、警察は週刊誌じゃねえぞって、捜査を却下してな」

多岐川はまた周囲を見回した。落ち着きがなくなってきた。ここでは話したくないのだろう。

黒田はそれを察したように言った。

「要するに、二十年前の自殺を、秘密裡に洗い直せ、と……」

多岐川はうなずいた。

こっちも暇じゃないんだ、と話を聞きながら谷口は考えていた。当然、黒田は断るだろう。雲をつかむような話だし、こちらにメリットはなさそうだ。

「わかった」

黒田がそうこたえたので、谷口はビールを噴き出しそうになった。

「え……」

谷口はそうつぶやきながら、黒田の横顔を見た。黒田が谷口のほうを向いて言った。

「何だ？　なんか文句あるのか？」

「いえ、文句なんてないですけど……」

ペア長に対して、文句など言えない。それが警察という組織だ。本当は言いたいのはやまやまなのだが……。

「おや、珍しい顔ぶれですね」

そう言いながら席に近づいてきたのは、東都（とうと）新聞社会部の持田豊（もちだゆたか）だ。

黒田はしかめ面（つら）になって言った。

「こういうやつがいるから、おちおち話もしてられねえよなあ」

「何です？　何の話です？」

「おまえには関係ない。失（う）せろよ」

「捜査一課の特命捜査係と捜査二課の刑事がこうして額を合わせているんだから、何かあるんでしょう？」

「久しぶりに同期と飲んでいるんだ。邪魔しないでくれ」

「あ、同期なんですね？」

「だから、邪魔されたくないんだ。あっちへ行け」

持田は、迷惑がられているのにまったく平気な様子だ。感受性が鈍いのではないかと、谷口は思っている。間（ま）が悪いし、相手がどう思おうがおかまいなしというタイプだ。もっとも、そういう性格でないと、社会部の記者など務まらないのかもしれない。

持田が言った。

「布施（ふせ）ちゃんはいないんですね？」

黒田がこたえる。

「俺がいつも布施とつるんでいると思ったら大間違いだ」

「やっぱりなあ……」

持田がそっぽを向いたままつぶやく。黒田はそれが気になったようだ。

「やっぱりって、何のことだ？」

持田が黒田を見て、声を落とした。

「あ、噂聞いてませんか？」

「何の噂だ」

「『ニュースイレブン』ですよ」

『ニュースイレブン』は、TBNの夜のニュースショーだ。持田や黒田が言った布施というのは、その番組の布施京一という名の記者のことだ。

黒田が興味を引かれた様子で言った。

「『ニュースイレブン』がどうしたんだ？」

「そうか……。知らなかったのか……」

「いいから、話せよ」

持田はそう言われて、多岐川の隣の席に腰を下ろした。いつもなら、「誰が座っていいと言った」と責めるはずの黒田が、黙って持田の言葉を待っている。

持田がもったいぶった態度で言った。

「打ち切りになるかもしれないという噂なんです」

「打ち切り……？」

「ニュースじゃなかなか視聴率が取れませんからね」

「だが、夜のニュースショーは各局定番じゃないか」

「そうも言ってられない時代になったんじゃないですか。ＢＳやＣＳでニュース専門チャンネルもありますし……」

　黒田は持田を睨（にら）んで言った。

「確かな話なんだろうな？」

「ええと……。確かかどうかわかりませんよ。噂ですから」

「ＴＢＮはおまえんとこの新聞の系列だろう」

「系列だからって、番組のことは新聞社ではわかりませんよ」

「何だよ」

　多岐川が黒田に言った。「『ニュースイレブン』がどうかしたのか？」

　黒田がこたえた。

「よく見る番組なんでな。なくなるとしたらちょっと淋（さみ）しい」

　それだけじゃないだろう。谷口はそう思った。黒田は布施のことを気遣っているに違いない。

　布施は不思議な記者だ。持田とは対照的で、押しつけがましいところがまったくない。

いつも飄々(ひょうひょう)としているのだが、それでいてこれまでスクープをいくつもものにしている。

黒田は、口では他の記者同様に布施のことを迷惑そうに言ったりするが、もしかするとかなり気に入っているのではないかと、谷口は思っている。

番組がなくなると、布施はどうなるのだろう。彼はTBNの社員だから、きっと生活に困るようなことはないだろう。しかし、今までどおりの取材活動はできなくなるに違いない。

多岐川が言った。

「たかがテレビ番組だろう。別になくなったところで、誰も困らない」

黒田が曖昧(あいまい)な態度でそれにこたえる。

「まあ、そりゃそうなんだが……」

持田がさらに秘密めいた態度で言った。

「他局が、香山恵理子(かやまえりこ)争奪戦を始めているという話ですよ。彼女、人気あるからなあ。『ニュースイレブン』の視聴率のかなりの部分が、彼女の美脚のおかげだという声もあったし……」

黒田が持田に言う。

「まさか、おまえがその噂を広めているんじゃないだろうな」

「違いますよ。てっきり、黒田さんなら噂を知っているんじゃないかと思ったんですよ」

「話はわかった。もう行っていいぞ」

「ええ？　一杯くらい付き合わせてくださいよ」

「だめだ。おまえがあっちへ行かないのなら、俺たちが移動する」

持田はにやにや笑いながら、ようやく立ち上がった。

「わかりましたよ。布施ちゃんに会ったら、噂が本当かどうか確認してみるといいですよ」

「わかった。早くあっちへ行け」

持田は、相変わらずにやにやしながら席を離れていった。

黒田は多岐川に言った。

「さて、飲み直すか。面倒臭い話は取りあえず後回しだ」

多岐川がそれに応じた。

「そうだな」

三人はビールのお代わりを頼んだ。

長っ尻（ちり）の刑事は少ない。午後十時頃まで飲んで、さっさと引きあげた。眠れる間に眠っておきたい。警察官はいつしかそれが習い性（しょう）になるのだ。

午前十時に報道局にやってきた鳩村昭夫は、『ニュースイレブン』用の大テーブルのところに布施がいるのを見て驚いた。

午前中に彼の姿を見かけることは、ごく稀なのだ。

「何をしてるんだ？」

布施がどろんとした眼を鳩村に向ける。

「あ、デスク。別に何もしてませんけど……」

鳩村は二人いるデスクの一人だ。二人は交代で番組を受け持つ。鳩村班が担当した翌日はもう一人のデスクの班が当番だ。

今日は鳩村班が当番だが、オンエアは午後十一時五分前なので、この時間に出社するスタッフはあまりいない。

最初の会議が午後六時にあるので、出演者も含めて、それに間に合うように出社してくるのが普通だ。

布施は、その午後六時の会議にも出てこないことが多いのだ。

「こんな時間に局にいるなんて珍しいじゃないか」

「実は、これから帰るんです」

「これから帰る……？」

「ついさっきまで、六本木にいまして……」

ＴＢＮは乃木坂にあるので、六本木は目と鼻の先だ。朝まで飲んでいて、局で仮眠でも取っていたのだろうか。

念のため、鳩村は尋ねた。

「取材か？」

「いいえ。クラブに行ってから、アフターに付き合いまして……」

アフターというのは、クラブなどの営業終了後、ホステスを連れて別な場所に移動することを言う。

多くの場合は、カラオケなどに行って酒を飲んだり食事をしたりするだけだが、客の中にはホステスをホテルに連れ込もうとする者もいるらしい。

「相変わらず夜遊びか……」

鳩村はあきれた。

仕事さえしていれば、どんなに遊ぼうが文句を言うつもりはない。布施も子供ではないのだ。

だが、ちゃんと仕事をしているのかおおいに疑問なのだ。報道の仕事は不断の勉強が必要だ。世の中のあらゆる仕組みに精通していなければならない。

そして、取材に際しては関係各方面に対する目配りと気配りが必要で、さらに裏を取り、報道していいかどうかの確認を取らなければならない。勝手に取材して勝手にニュースを垂れ流すことなど許されないのだ。

布施が、そういった報道の基本をちゃんと理解しているか、鳩村は心配で仕方がないのだ。

毎日遊び呆けているくせに、時たまスクープを取ってくる。鳩村に言わせれば、運がいいだけだ。

もしかしたら、運だけでなく勘のよさのおかげかもしれない。だが、勘だけで仕事を続けていては、そのうちにきっと痛い目にあう。

それが心配なのだ。布施のことだけを心配しているわけではない。布施の不祥事は番組の不祥事でもあるのだ。

鳩村は言った。

「そんなんで、六時の会議に出られるのか？」

「もちろんです。ご心配なく」

「そんな状態で局にいるのは、風紀上このましくない。さっさと帰るんだ」

「すいません」

そう言ったが、布施は立ち上がろうとしない。

「どうした。帰るんだろう？」

「『ニュースイレブン』が打ち切りって、本当ですか？」

　鳩村は驚いた。

「何だ、それは」

「噂になってるんです。さっきまでいっしょに飲んでいた人も俺に訊くんです。本当かって」

「そんな話は聞いてない」

「じゃあ、デスクが知らないもっと上のほうで話し合われているっていうことでしょうかね」

「まあ、番組の編成については、たしかに俺なんかが関与できるわけじゃないし……」

「まんざら嘘じゃないってことですか？」

　鳩村はかぶりを振った。

「俺は知らない。言ったとおり、そんな話は聞いていないんだ。どうせ、ただの噂だろう。番組改編期が近づくと、毎回その類の噂が飛び交うもんだ」

「そうですね」

「誰なんだ？」

「え……？」

「おまえにそのことを尋ねた人物だよ。いっしょに飲んでいたという……。誰なんだ？」

「藤巻さんっていうんです」

「ふじまき……？」

「ええ。藤巻清治」

鳩村は目を丸くした。

「それって、あのIT長者の藤巻清治か？」

「そうですけど……」

「おまえ、知り合いなのか？」

「知り合いっていうか……。六本木で飲んでいるときに知り合ったんですよ。まあ、遊び仲間ですかね」

「その藤巻清治と、朝まで飲んでいたというわけか？」

「彼がアフターに行くから付き合えと言うんで……」

鳩村は、今さらながら布施の交友関係の広さに驚かされた。ITバブルの頃は、IT長者たちのことがずいぶんと話題になったものだ。

その象徴的な施設が六本木ヒルズだ。IT長者たちは、その中に会社を作り、住居を借りて住んでいた。やがて、ITバブルもはじけて淘汰が進んだ。

今生き残っているIT長者といわれる人々は、バブル崩壊を生き延びた勝ち組で、藤巻清治はその一人だった。

最近、ＳＮＳその他で思い切った発言をして、その言動が注目されている。

布施はけだるげに立ち上がった。

「じゃあ、帰ります」

「六時の会議に遅れるな」

「はい」

布施は、頼りない足取りで出入り口に向かった。

2

午前十時頃に、多岐川が黒田の席を訪ねてきた。彼は言った。

「昨日話した件だ」

黒田は谷口に言った。

「どこか落ち着いて話ができるところを探してこい」

他の係員の眼と耳のない場所という意味だ。谷口は立ち上がり、空いている部屋がないか探し回った。

席に戻ると告げた。

「取調室が一つ空いてますが……」

「そこに行くか」

取調室だから、当然狭い。戸口の小さな窓に黒いカーテンがかかっている、刑事にとってはお馴染(なじ)みの部屋だ。

そこに移動すると、多岐川が奥に座り、机を挟んで手前に黒田と谷口が並んで座った。

多岐川が言った。

「なんだか、被疑者になった気分だな」

黒田がこたえる。

「いろいろとこちらの疑問にこたえてもらわなけりゃならないからな」

多岐川がファイルを差し出して言った。

「これが対象者だ」

黒田がそれを開いた。谷口は脇から資料を覗き見た。写真が添付されている。若い男性だ。

黒田が書類を見ながら言った。

「春日井伸之、当時二十三歳か……」

多岐川が尋ねる。

「何か覚えているか?」

「ばか言え。二十年前の事案なんだろう? 俺はまだ地域課だぜ」

「カイシャに入ってから、何か聞いたことはないか?」

「春日井か……。いや、記憶にないな」

黒田がページをめくる。「何だ、このSSって……」

「イベントサークルだ。けっこうタチが悪かったようだ」

「首吊り自殺か。自宅で発見されたんだな?」

「そう。彼は六本木のマンションに一人暮らしだった」

「学生が六本木のマンションか……」

「だから、タチが悪かったと言っただろう。彼はSSの幹部で、かなりあくどい方法で会費を集めていて、ずいぶんと金回りがよかったらしい」

「最近も問題になっているな。会費が払えないやつに、ヤミ金で金を借りさせるとかしているサークルもあるらしい」

「SSの場合はネズミ講的な手法だった。会員が新規会員を誘う。その会費の一部が上納金として幹部のもとに入るわけだ」

「バブルの頃はイベントサークルも勢いがあったようだな。いろいろな大学の学生が参加するリーグってのがあって、さかんに六本木あたりでイベントを企画していた」

黒田が言うと多岐川がうなずいた。

「よく知ってるじゃないか」

「まあ、ひととおりのことは、な。だが、バブルが崩壊してからは、すっかり下火になったんだろう」

「ちょうど二十年くらい前に、第二次ブームがあったんだ。ITバブルの頃だ」

「なるほど、SSってのはその時期のサークルなんだな」

「そうだ」

「それで、この春日井の件をなんで今さら調べ直さなきゃならないんだ？」

「ＳＳの会費集めのシステムと自殺の関連を洗い直したいんだ」

それを聞いて、谷口は、二課というのはそんな仕事もするのかと、半ば感心し半ばあきれていた。

今さらそんなことを洗っても事件にできるわけではない。捜査一課では事件にもならないようなことを捜査するなんて考えられない。

二課はよほど暇なのだろうか……。

そんなことを思っていると、黒田が言った。

「もっともらしいこと言ってんじゃねえよ」

多岐川が言葉を失った様子で黒田を見つめた。

黒田の言葉が続いた。

「そんなんで、俺が納得すると思ってるのか？」

谷口は驚いた。

やはり、二課はそれほど暇ではないということか……。

多岐川が肩をすくめた。

「今はまだ詳しいことは話せないんだ」

「詳しくなくてもいい。俺が納得する事情を話せよ。じゃないと協力などできない」

　多岐川が真剣な表情になって言った。

「俺たちが秘密裡に追う相手と言えば、だいたい想像がつくだろう」

「俺は想像力が乏しくてな……。だいたい、刑事は想像で動いたりはしない。それはわかっているはずだ」

　たしかにそうだと谷口は思った。

　警察官は、何でもかんでも確認だ。裏が取れないことには手を出さない。

　多岐川が言った。

「政治資金規正法違反、あるいは贈収賄……」

「マル対は？」

「それはまだ言えない」

「話にならねえな」

「わかってくれ。今洩らすわけにはいかないんだ」

「わからねえな。二十年前の自殺者と、政治資金規正法だの贈収賄だのが、どういう関係があるのか……」

「マル対に手を出せないので、いろいろな可能性を考えた。だが、今一つ攻め手に欠けるわけだ。……で、探っているうちに、二十年前の出来事に行き着いた」

　黒田は思案顔だ。

「つまり、こういうことか？　本丸の政治資金規正法違反や贈収賄じゃ落とせないから、過去の事件絡みで引っ張りたいと……」

「経済犯じゃよくある手だ」

「ふん。えげつないことを考えるじゃないか。それじゃまるで地検特捜部だ」

「やつらほどばかじゃないつもりだが……」

「それで、俺のメリットは……？」

「もしかしたら、自殺ではなく他殺かもしれない。殺人罪であれば公訴時効はない。二十年前の事件をひっくり返して犯人検挙となれば、特命捜査係の面目躍如（めんもくやくじょ）じゃないか」

　黒田はしばらく考えていた。やがて、彼は言った。

「俺たちも、そんなに暇じゃないんだ」

　多岐川が抗議する姿勢を見せた。それを遮るように黒田は言葉を続けた。

「だがたしかに、おまえが言うとおり、二十年間も殺人犯が野放しになっていたとなれば、捜査一課として黙ってはいられない」

「そうだろう」

「取りあえず、調べてみる。何かありそうなら話に乗る。眉唾だと判断したら、それっきりだ」

「それでいい」

「情報はこれだけか？」

黒田はファイルを右手の人差し指でとんとんと叩(たた)いた。

「追加の資料を送る」

黒田がうなずいて立ち上がった。谷口は慌ててそれにならった。

取調室を出ると多岐川が言った。

「おまえならきっと、真相を解明してくれるだろう。期待しているぞ」

黒田は顔をしかめた。

「なんだか、踊らされているとしか思えないんだがな……」

多岐川はふと、真顔になって言った。

「春日井の件はきっと自殺じゃない。捜査一課としても、調べて損はないぞ」

黒田は何も言わなかった。

多岐川が去り、席に戻ると谷口は黒田に言った。

「どうします？ 係長に報告しますか？」

「ばかか、おまえは。まだ手がかりもないのに、どうやって報告するんだ。同僚が二十年前の自殺が怪しいと言ってきたので、ちょっと調べてみますってか。そんなこと言ってみろ。ふざけるなって怒鳴られるだけだ」

　それもそうだ。

「でも、内緒で何か調べていることを、後になって知られたら、やっぱり怒鳴られますよ」

「結果を出せばいいんだ」

「空振りだったらどうします？　他殺だって証拠は何もないんでしょう？　多岐川さんが間違っているのかもしれないし……」

「適当なことを言っているとは思えない。洗い直せと言うからには、あいつもそれなりの鑑（かん）を持っているってことじゃないのか」

「でも、二十年前ですよ。担当していた人の多くはもう退官しているでしょうし……。残っていても、おそらく幹部ですよ」

　黒田がぶっきらぼうに言った。

「嫌だったら別にいっしょに捜査することはない。俺一人でやる」

「いや……。だって、ペアじゃないですか」

「だからって四六時中いっしょにいることはない」

「いっしょにいるからこそペアなんじゃないですか」

「じゃあ、おまえも乗るんだな？」

　谷口は心の中で溜（た）め息をついた。ペア長には逆らえない。

「やりますよ」

「じゃあ、まず基礎的な事柄からだ。とはいえ、二十年前となると所轄にも資料は残っていないだろう」

事件記録は、送検の際にすべて検察庁に送られる。保管期間は、裁判の結果によりまちまちだ。

まず、裁判の経過および結果を記録した裁判書だが、死刑あるいは無期の懲役・禁錮(きんこ)については百年保管される。

有期の懲役・禁錮については五十年、罰金、拘留、科料については二十年だ。

また、無罪、免訴、公訴棄却になった場合でも、死刑や無期の求刑があった場合は十五年、有期の懲役・禁錮の求刑の場合は五年、罰金、拘留、科料については三年間保管される。

裁判書以外の資料も、死刑あるいは無期の懲役・禁錮の場合は五十年、有期の二十年を超える懲役・禁錮は三十年、十年以上二十年以下は二十年、五年以上十年未満は十年、五年未満では五年、罰金、拘留、科料については三年という具合に、それぞれ保管期間が決められている。

不起訴の場合も、こうした記録は保管されており、長くて三十年、最短で一年だ。

自殺の場合は、事件にならなかったわけだから、警察署にも検察庁にも書類は残っていないだろう。

　谷口は言った。

「二十年前だと、まだ記録は電子化されていませんしね……」

「多岐川が置いていった資料も、新聞の切り抜きとか、当時の住所とか基本的な情報ばかりだ。顔写真があったのがめっけもんだな」

「どこから当たりますか？」

「まずは、当時の出来事を知っている者からだ。身内を探そう」

「わかりました。当時春日井が住んでいたあたりに行ってみましょう」


　現場に到着したのは、午前十一時を少し回った頃だった。

　外苑東通りを挟み、東京ミッドタウンの向かい側だ。かつては、龍土町と呼ばれた一帯だ。外苑東通りから西麻布に抜ける通りがある。通称星条旗通りだ。その通りのそばにかつて大きなマンションが建っていた。

　春日井はそのマンションに住んでいた。だが、今はもうそれはない。そこはガラス張りのオフィスビルになっていた。

　谷口は呆然とそのビルを見上げていた。黒田が言った。

「ふん。二十年も経つとこんなもんだろうな」

「近所に、当時のことを知っている人はいないですかね？」

「そうだなあ……。店もずいぶん入れ替わっているだろうからなあ……」

黒田はあまり期待した様子もなく周囲を見回した。谷口もそれを真似た。

黒田は外苑東通りと交差する通りの向こう側を指さして言った。

「あそこのカフェみたいなところで聞いてみよう」

店に入ると、二人はカウンターに近づいて、警察手帳を出した。

谷口が尋ねた。

「すいません。あの向かい側のビルですが、二十年前はマンションだったんですよね？」

若い男性店員は、どうやらアルバイトのようだった。目をぱちくりさせてこたえた。

「ええと……。二十年前ですか？　その頃のことはわかりませんねえ」

おそらく彼が生まれた頃のことだ。彼にわかるはずがない。

「誰か知っている人はお店にいませんかね？」

「店長を呼んできます。ちょっと待ってください」

男性店員はすっかり戸惑っている。しばらくして、四十代らしい人物が彼とともにやってきた。

「向かいのビルですか？」

「ええ」

谷口はうなずいた。「店長さんですか？」

「はい、そうです」

「二十年前、マンションだったのをご存じですか？」

「さあ……。その頃はこの店はまだありませんでした」

「そうですか」

「このあたりで一番古いのは、隣のガソリンスタンドですかね……」

「ガソリンスタンド……」

「ええ。そうです。おそらく四十年以上前からあそこにあるんじゃないですか？」

「四十年以上前からですか？」

「ひょっとしたら五十年くらい前からあるのかもしれません。でも、当時働いていた人が今もいるとは限りませんよ」

谷口が礼を言い、二人は店を出てガソリンスタンドに向かった。

従業員はみんな若かった。とても二十年前のことを知っていそうにはなかった。従業員の一人が言った。

「奥に、オヤジさんがいるんで、聞いてみたらどうです？」

谷口は思わず聞き返した。

「オヤジさん？」

「このガソリンスタンドの主(ぬし)みたいな人です。店長よりずっと長いんです」

谷口と黒田は、建物の中に進んだ。レジの前に日に焼けた背の低い中年男性がいた。油染みだらけのツナギを着ている。

谷口は声をかけた。

「すいません。ちょっとうかがっていいですか？」

オヤジさんと若者に呼ばれている男は、怪訝(けげん)そうに谷口を見た。谷口と黒田は警察手帳を出した。

「何も違法なことはやってねえよ」

「いや、そうじゃなくて、向かいのビルについてちょっとうかがいたいんです」

「なんだい。向かいのビルで何かあったの？」

「知りたいのは二十年前のことなんです」

「二十年前は、あそこはレンガ色の壁のマンションだったよ」

「あ、ご存じですか」

「ああ、知っている。建て替えられたのはいつのことだっけなあ……」

「マンションで自殺があったのは覚えていらっしゃいますか？」

「自殺……？」

「ええ。当時、イベントサークルの幹部の大学生が住んでいまして……」

「ああ、そんなことがあったな。テレビのニュースで見て、なんだスタンドのすぐ近くのマンションじゃないかって驚いたのを覚えている」

「そのときの様子とか覚えてませんか？」

「報道陣が集まっていたな。それくらいしか記憶がない」

「そのマンションにお住まいだった方とか、ご存じないですかね？」

「さあねえ……。マンションの住人とか、あそこに事務所を持っている人で、ガソリンを入れに来た人がいたかもしれないが、いちいち客の素性とかを尋ねる商売じゃないんでね」

「なるほど……」

「このあたりは、ミッドタウンができたときに、すっかり変わっちまったからなあ……」

「そうですか」

「乃木坂に下る道のほうに行くと、古くからの建物や店がまだ残っているんだけどねえ。ステーキハウスのハマとか……」

「わかりました。ありがとうございました」

谷口と黒田は建物を出た。

ビル風だろうか。強い風が吹いて、おそろしく寒い。日付は一月二十二日。まだまだ真冬だ。

「乃木坂のほうに行って、もう少し聞き込みをやってみよう」

黒田が言った。谷口は何も言わずそれに従った。本心では無駄だろうと思っていた。

二十年という時の壁は思っていたよりずっと厚い。それから二時間以上、寒空の下を歩き回ったが、めぼしい情報は得られなかった。

黒田が時計を見た。もう午後二時だ。

「そろそろ、昼飯にしようか」

黒田のその言葉に、谷口は心からほっとした。腹がペコペコだったのだ。

店を物色しながら、黒田が言った。

「二人きりだから、もっと効率を考えなけりゃな」

谷口はこたえた。

「遺族に当たったらどうでしょう。あとは当時の捜査関係者……」

「そうだな」

どちらも気が進まない様子だ。谷口もそうだった。遺族は二十年も前のことを今さらほじくり返されたくはないだろう。当時の捜査員にしても同様だ。だが、やらなければならないだろう。

黒田が言った。

「それと報道関係だな。警察や検察に資料がなくても、マスコミには残っている可能性がある」

「そうですね」

黒田は六本木の焼肉屋の前で立ち止まった。ランチの時間終了ぎりぎりで、二人は食事にありつけた。

3

鳩村は、時間が経つにつれて布施の言ったことが気になり始めた。

どうせ酒飲み話だと思っていた。根拠などないに違いない。一度はそう思って、頭の中から追い出そうとした。

だが、どうしても頭から離れず、手もとの書類の内容が頭に入らなくなってきた。

布施を呼び戻して、詳しく話を聞こうかとも思った。だが、電話をしてもどうせ出ないだろう。今頃、ぐっすり眠っているはずだ。

電話がつながらないなど、記者として考えられないことだが、布施ならあり得る。

仕事がはかどらず時間ばかりが過ぎていき、やがて昼過ぎになった。昼食に出かけようかと思っていると、栃本治（とちもとおさむ）の姿が見えた。

彼は、鳩村がいるTBNと同じINN系列の関西のテレビ局KTHから『ニュースイレブン』にやってきている。

鳩村は彼に声をかけた。

「何か調べ物か?」

「やることはなんぼでもありますからね」

彼はいつも番組スタッフが使っている大テーブルに向かって座ろうとした。鳩村はふと思い立って、彼を席に呼んだ。

来客用の椅子が机の脇に置いてあり、そこに座るように言った。

「何ですの?」

「ちょっと言いにくい話なんだがな……」

「はあ……」

「何か噂を聞いていないか?」

「何の噂ですか?」

「『ニュースイレブン』が打ち切りになるかもしれないという噂だ」

栃本は目を丸くした。

「それ、ほんまですの?」

「本当かどうかは知らない。そういう噂が流れているらしい」

「それ、誰が言いました?」

鳩村はこたえを迷った。いかなるときも、ジャーナリストはニュースソースを明かすべきではない。

だが、自分から話を振っておいて、隠すのもナンだと思った。

「俺は布施から聞いたんだ」

「布施さんですか……。布施さんは誰から聞かはったんですかね？」

「ここだけの話だぞ」

「はい」

「藤巻清治らしい」

「あの、ＩＴ長者の？　布施さんはお知り合いなんや……」

「飲み友達というか、遊び仲間というか……。今朝方まで飲んでいてそんな話を聞いたらしい」

「しかしなあ……」

栃本が考え込んだ。「私はどないなんのやろう……」

彼を引っ張ったのは、報道局長の油井太郎だ。

「何も聞いてないか？」

「聞いてまへんな」

「ただの噂だと思うんだが……」

「そやけど……」

栃本が言う。「火のないところに煙は、て言いますから……」

「本当に番組がなくなるなら、君はKTHに戻ることになる。だとしたら、何か言われていなければおかしい」

鳩村はそう言いながら、これは希望的観測かもしれないと思っていた。

栃本が言った。

「そうですね。私もそう思います」

「何か聞いたら知らせてくれるか」

「わかりました」

栃本が立ち上がり離れていくと、鳩村はもう一度声をかけた。

「昼食は？」

「済ませました。ブランチいうやつですわ」

「そうか」

一人で局内の食堂に行くことにした。

メニューがそれなりに充実している食堂で、鳩村はAランチを選んで食べた。ここで食事をするときは、たいていAランチだ。

メインのおかずはメンチカツだったり、ハンバーグだったり、アジフライだったりする。内容が不満だと思ったことは一度もない。

だいたい鳩村は、食べ物に対してあれこれ言うタイプではない。腹が満たされればそれなりに満足だ。グルメ番組など担当させられたことがなくてよかったと思っている。

鳩村は根っからの報道マンだ。若い頃は食事など二の次でネタを追っていた。長年放送局に勤めていると、人事異動でさまざまなジャンルの番組を経験するものだが、鳩村は報道一筋だった。

そして、初めてデスクとなって責任を持たされたのが『ニュースイレブン』だ。だから、番組には人一倍の愛着がある。

打ち切りの噂があると聞いて、もしかしてあり得るかもしれないと思った。その理由は、視聴率の低迷だ。

栃本は番組のてこ入れのためにKTHから呼ばれたと聞いている。おかげで、このところ、多少持ち直してはいる。だが、全盛期に比べれば心許(こころもと)ない数字だ。

もう夜のニュースショーの時代ではない。その代わりに数字が取れるバラエティーでもやったほうがいいと編成が判断することは、充分にあり得るのだ。

それが民放テレビ局の宿命だ。視聴率が悪いとスポンサーがつかない。スポンサーがつかなければ、民放の番組は成り立たないのだ。

鳩村はだんだんと不安になってきた。

デスクの自分が何も聞いていないのだから、ただの噂に過ぎないとは思う。だが、栃本が言っていた。火のないところに煙は立たない、と……。

食事を終えて席に戻り、鳩村は仕事を再開したが、ふとした拍子に打ち切りの噂が頭をよぎる。

油井報道局長なら、何か知っているはずだ。だが、油井を訪ねていく度胸はなかった。

それにしても妙だなと、鳩村は思った。デスクの自分が何も知らないのに、外部の人間が噂しているのだ。

もしかしたら、誰かが意図的に噂を流しているのかもしれない。だとしたら、その目的は何だろう……。

キャスターの鳥飼行雄（とりかいゆきお）や香山恵理子は噂のことを知っているだろうか。鳥飼は局のアナウンサーだが、恵理子は外部のプロダクション所属のフリーアナウンサーだ。噂は彼女の耳にも届いているかもしれない。

彼らが来たら聞いてみよう。鳩村はそう思った。

六本木の焼肉屋で昼食を終えた谷口と黒田は、取りあえず麻布警察署に向かうことにした。何かわかるかもしれないという漠然とした期待しかなかった。

何かしらの手がかりが得られれば御（おん）の字だと、谷口は思っていた。なにせ二十年前の事件だ。すでに警察署に記録など残っていない。

六本木交差点を過ぎると、谷口は黒田に尋ねた。

「何か目算はあるんですか？」

黒田が前を見たままこたえた。

「かつていっしょに働いていた人がいるんだ。その人に聞いてみる」

「そうですか」

麻布署に到着すると、黒田は受付で若い係員に言った。

「本部の黒田だけど、山崎さんいる？」

「山崎って、副署長ですか？」

「そう」

それを聞いて、谷口は驚いた。まさか、相手がそんなに偉い人だとは思わなかったのだ。

電話をかけ終えた受付の係員が言った。

「副署長席はおわかりですか？」

黒田がうなずいた。

「知っている」

「そちらにお越しくださいとのことです」

黒田が礼を言って進んだ。谷口は黙ってそのあとについていった。

署長室の出入り口の脇に机があり、そこが副署長席だった。副署長はマスコミ対策も担当しているので、記者たちが近づける場所に席を置いているのだ。

副署長席の周囲には記者たちがいる。黒田が近づいていくと、彼らは好奇心に満ちた眼を向けてきた。

「よう、久しぶりじゃないか」

副署長席の人物が黒田に向かって片手を上げた。黒田が頭を下げる。

「先輩、ご無沙汰しております」

「今日は何だい？」

「ちょっとうかがいたいことがありまして……」

すると、背後から声をかけられた。

「あれ、黒田さんですよね」

黒田が振り向いて記者の一人に言った。

「どこかで会ったな……」

「ちょっと前まで本部の記者クラブにいましたから……」

「お、いっちょまえに顔が売れてるじゃないか」

山崎副署長が言った。

「そりゃあ、昔とは違いますよ。ちょっと、教えてほしいことがあるんですが……」

「ここじゃ落ち着かないか……」

山崎副署長が立ち上がった。「じゃあ、どこか適当なところを見つけよう」

さきほどの記者が言った。

「何です？　内緒の話ですか？」

山崎副署長がその記者に言う。

「昔の部下との思い出話だよ。水を差さんでくれ」

どこの署にもある小会議室に案内された。黒田と谷口が並んで座り、その向かい側に山崎副署長が座った。

「そちらはおまえさんのペアか？」

黒田がこたえた。

「はい。谷口といいます」

谷口は立ち上がり、礼をした。山崎副署長は片手を振った。

「いちいち立たんでもいいよ。山崎だ。よろしくな」

彼は黒田に眼を戻した。「それで、教えてほしいことって何だ？」

「二十年前の自殺の事案なんですが……」

山崎は驚いた顔になった。

「二十年前？　ずいぶん前のことだな。俺とおまえさんが出会う前じゃないか」

「そうなりますね」

「その頃、俺はまだ巡査部長だったな……。高輪署の刑事課にいた。なんでまたそんなことを調べてるんだ？」

「自分は今、特命捜査対策室にいるんです」

「継続捜査か……」

「そうです」

「自殺と言ったな？　疑わしいことでもあるのか？」

「まだわかりません」

「おい、よほどのことがないと、二十年も前の事案を洗い直そうなんてことにはならんだろう。何があった？」

「自分にもわからないんです」

山崎副署長は眉をひそめた。

「どういうことだ？」

「実は、同期の多岐川という男が捜査二課にいまして……」

「二課？」

「ええ。そいつが、その事案を調べてくれと……」

「何で自分で調べないんだ？」

「二課では動けないんだそうです。説得材料に乏しいんでしょう」

「だからって、特命にやらせようってのは、虫がよくねえか？」

「自分もそう思いますが、多岐川の口ぶりからすると、でかいヤマらしいので……」

「自殺じゃなくて消されたってことかい？」

「おそらく多岐川はその前提で考えているのだと思います」

「ふうん……」

山崎副署長が考え込んだ。「二課がでかいヤマと言うと、政治家の贈収賄か……」

「しかし……」

黒田が戸惑ったように言った。「自殺したのは、大学生だったんです。大学生と政治家のつながりが見えません」

「大学生……？」

「ええ。イベントサークルの幹部だった学生です」

「イベントサークルか……。待てよ、そいつは記憶に残ってるな……。たしか、その学生が自殺する前に、同じサークルの女子大生も自殺していたはずだ」

「女子大生……？」

「詳しい経緯は忘れた。だが、イベントサークルなんてとんでもねえ連中だと、当時ずいぶん腹を立てた覚えがあるんだ」

谷口は、女子大生の件は調べる必要があると思った。

黒田が言った。

「幹部の学生が自殺したのは、龍土町にあったマンションだったんです。当時のことを知っている人に心当たりはありませんか?」

山崎副署長はふうんと大きく息をついた。

「二十年前の事件なあ……。うちの署にその頃のことを知ってそうな人はもういないなあ……」

しばらく考えていた様子だったが、ふと思いついたように山崎副署長は言った。「そうだ。今の刑事課長がけっこうここが長くてな。彼なら何か心当たりがあるかもしれない」

そう言うと、山崎副署長は立ち上がり、部屋にあった電話の受話器に手を伸ばした。刑事課に電話したのだろう。

電話を切ると、彼は言った。

「今、こっちに向かっている」

その言葉どおり、ほどなく目つきの鋭いいかつい顔の男がやってきた。

山崎副署長が言った。

「関原(せきはら)刑事課長だ。こちらは本部特命捜査対策室の黒田と谷口」

「どうも。セクハラと覚えてください」

関原刑事課長はにこりともせずに、凄みのある顔で言った。谷口は笑っていいのかどうか迷ったが、結局頭を下げるだけにした。

「まあ、座ってくれ」

山崎副署長が言った。関原刑事課長が椅子に腰を下ろすと、言葉を続けた。「二十年前に、龍土町にあったマンションで、学生が自殺したという事案を、この二人が洗い直しているらしいんだが、その件について誰か知っている者はおらんか?」

「二十年前ですかあ……。私もこの署の課長になって二年目ですからねえ……」

警察官は異動が多い。幹部になると二年ほどで異動を繰り返す。

「けど、おまえさん、出戻りだろう」

黒田が思わず聞き返した。

「出戻り?」

関原刑事課長が言った。

「はあ……。十年ほど前にここでしばらく刑事やっていて、その後機捜をやり、本部に行きました。そして、二年前に課長で戻って来たというわけです」

機捜は機動捜査隊だ。若手刑事の登竜門とも言われている。それから本部ということは、おそらく捜査一課だろうと、谷口は思った。

山崎副署長が関原刑事課長に言った。

「ここで刑事やっていた頃のペア長は？」

「ああ、久世さんです。今はたしか深川署で生安課長やっているはずです」

生安課は生活安全課のことだ。

山崎副署長が言った。

「刑事から生安か……」

関原刑事課長がこたえた。

「昔から銃器の取り締まりに熱心でしたから……」

「そうか。昔は管内にでかい暴力団の本部が二つもあったからな」

関原刑事課長が黒田と谷口に言った。

「久世さんは、私と組んだときにはすでに長いこと麻布署で働いていたということでしたから、彼なら、何か知っているかもしれません」

黒田が言った。

「わかりました。深川署ですね。訪ねてみます」

関原刑事課長が言った。

「連絡しておきますよ。これから向かわれますか？」

「はい。そうします」

谷口と黒田は、麻布署を出て深川署に向かった。六本木駅から都営地下鉄大江戸線に乗り、門前仲町で降りる。駅から署までは徒歩で十分ほどだ。

深川署に着いたのは、午後四時半頃のことだった。受付で来意を告げると、すぐに生安課に通された。

課長席に近づくと、机の向こうでかなり年配の人物が立ち上がった。

「関原から連絡を受けてます。久世です」

黒田が名乗り、谷口を紹介する。谷口は頭を下げた。

「そこから椅子持ってきて掛けて」

久世生安課長が、空いている席を指さして言った。黒田と谷口は言われたとおりにした。

「それで？」

久世生安課長がさっそく質問してきた。「六本木の自殺の件だって？」

黒田がこたえる。

「ええ。二十年前のことなんですが……」

「ああ……。まだ関原と組む前のことだな。二十年前なら、俺はまだ地域課にいたな」

「麻布署の地域課ですね」

「そうだ。自殺の件って、当時龍土町にあったマンションの事件だろう？」

「はい。ＳＳという学生のイベントサークルの幹部が自殺した件です」

「覚えてるよ。現場は見てないがね」

「受け持ちが違ったんですか？」

「ああ。当時俺は西麻布交番だったんだ。今の西麻布交番とは場所が違っていて、当時は交差点の東南角の直近にあったけどね」

「現場に駆けつけたのは六本木交番の係員ですね？」

「そうだな。だが、その後いろいろと噂は聞いたよ。当然刑事課は他殺も視野に調べる。けど、他殺を裏付ける証拠はなかった。状況から自殺と判断したんだが、別に問題はなかったと思う」

「その男性が自殺する前に、女子大生が自殺しているという話を聞いたんですが……」

「ああ、そうだったな。だが、相関関係は不明だった。すまんな、俺は直接見聞きしたわけじゃないんで、詳しいことはわからん」

「当時、捜査を担当した人を紹介していただければ助かるんですが……」

「そうだな……。当時の麻布署の刑事課だよな……」

久世生安課長はしばらく考えていた。

「年齢がほぼいっしょだったので、わりと親しくしていたやつがいる。連絡しておくから、訪ねてみるといい」

「どこにいらっしゃいますか？」

「本部にいるよ。捜査一課で管理官やってる」

4

「結局、本部に戻ることになりましたね」

谷口が言うと、黒田はうなずいた。

「捜査ってのは、そういうもんだ。一回りしてまたもとに戻ったりするんだ」

久世生安課長が言った管理官は、池田厚作で、第一強行犯捜査担当だ。主に課内の庶務や連絡、そして科学捜査を受け持つ。課内の筆頭管理官だ。

「とにかく行ってみよう」

二人が警視庁本部庁舎に戻ったのは、午後五時半過ぎで、終業時間後のことだ。池田管理官は、庶務の仕事が主なので、定時で帰宅するのではないかと谷口は思っていたが、それは杞憂で、まだ席にいた。

幹部はなかなか定時には帰れないのだ。

黒田と谷口が席に近づいていくと、池田管理官は二人に気づいて、不審げな表情をした。

「久世から電話が来た。二十年前の自殺の件を洗い直しているそうだな」

黒田がこたえた。

「はい」

「継続捜査か？」

「ええ、そうです」

「遠回りしたもんだな。深川署なんて訪ねなくても、まっすぐ俺のところに来りゃあいいんだ」

「当時、管理官がご担当とは存じませんでしたので……」

「だからさ、係長に上げれば、それくらいのことはすぐにわかるはずだ」

池田管理官が不審げな表情をしていた理由はそれか、と谷口は思った。

おそらく係長は、池田管理官が昔、麻布署で刑事をやっていたことを知っているのだろう。だから、池田管理官は訝っているのだ。

黒田と谷口が捜査している事案を、どうして係長が知らないのか、と……。

黒田は観念したような態度で言った。

「実は二課からの頼まれごとでして……」

「頼まれごと……？」

「何かでかいヤマにつながりそうなんですが、糸口がないと……」

「……で、その自殺の件が糸口になると、その二課のやつは言ってるわけか」

「ええ、まあそういうことです」

「ふうん……」

池田管理官は考え込んだ。

雲行きが怪しくなってきたと谷口は思った。刑事は勝手に捜査することなどできないのだ。日常の行動のすべてを上司に報告する義務がある。

自殺の件は二人が勝手にやっていることだ。池田管理官はそれを問題視するかもしれない。その事実を係長に告げれば、黒田と谷口は大目玉を食らい、それ以上の捜査はできなくなる。

黒田が言った。

「頼まれごとは、やはりまずいですかね……」

池田管理官は黒田を見て言った。

「いいさ。二課に恩を売ってやりな」

「は……？」

黒田が池田管理官を見た。谷口も、思わず管理官の表情をうかがっていた。

池田管理官は二人を交互に見て言った。

「貸しを作っておきゃあ、いつかそれが役に立つ」

黒田がうなずいた。

「自分もそう思います」

池田管理官がわずかに身を乗り出した。

「久世から電話をもらって思い出したよ。龍土町の件だろう？」

「そうです」

「たしか、ＳＳとかいうイベントサークルの幹部だったな？」

「はい」

「自殺ってのは、妥当な結論だったと俺は思う」

妥当な結論というのは微妙な発言だと、谷口は思った。黒田も同様に感じたらしい。

彼は訝しげな表情で尋ねた。

「疑わしいことがあったということですか？」

池田管理官は溜め息をついた。

「俺の口からは疑わしいことがあったなんてことは言えない。しかし……」

「しかし……？」

「あくまでも俺の印象だがな……。どうもすっきりしない事案だった」

「すっきりしないとおっしゃいますと？」

池田管理官の眼が鋭くなった。中間管理職の役人の眼ではない。刑事の眼だと谷口は感じた。

「事案のことは、どこまで知っている？」

「自宅マンションで自殺したのを発見されたということですね。そのマンションは今はありません。亡くなった男性の名前は、春日井伸之。春日井が亡くなる前に、同じサークルの女子大生が自殺したそうですね」

「それだよ」

「女子大生の自殺ですか？」

「そう。俺はその二つの自殺の関連を疑った。だが、確証が見つからなかった。二人の関係を物語るはっきりとした証言も得られなかったし、物的証拠もなかった」

「はっきりした証言が得られなかった……。じゃあ、はっきりとしない証言はあったんですか？」

「やっぱりクロは鋭いな。サークルの連中があまりに何も言おうとしないので、口止めされてんじゃないかと思ったよ」

「その可能性は充分にありますね」

「けどな、状況は自殺だった。警察署としては面倒な事案は増やしたくないんだ。自殺に見えるものはなるべくごちゃごちゃいじり回さないで処理する。そういうもんなんだ」

「本来あってはいけないことですね」

「おまえならそう言うと思ったよ。そう。あってはいけないことだ。だがな、所轄の刑事課の連中は常に複数の事案を抱えているし、事件は毎日起きる。検分して条件がそろえば自殺ってことにしちまうんだ」

「管理官は、疑いを持たれていたということですか?」

「疑いってのは、言い過ぎだな。なんだか、ぼんやりとした違和感を抱いたよ。だがな、そんないい加減な話を検察官が聞いてくれると思うか? それ以前に係長に怒鳴られて終わりだ。自殺で処理ってのは、署としての方針だ。ヒラの刑事に何ができる」

「自分は、二課の知り合いに頼まれた当初は、あまり乗り気じゃなかったんですが……」

黒田が少しばかり凄みのある声で言った。「お話をうかがっていて、ようやく本気になってきましたよ。やっぱり過去の事案の洗い直しってのは、無駄じゃないという気がしてきました。継続捜査は重要ですね」

「捜査がいい加減だったとは言いたくない。だが、日常にはいろいろな危険が潜んでいる。思い込みや怠慢は、どんなに防ごうと思っても、必ずついて回るんだ」

「それを正すために、自分たち特命捜査対策室があるのだと思います」

黒田はこんなに熱い刑事だったのか。谷口は意外な思いで話を聞いていた。

池田管理官が言った。

「俺もな、過去のもやもやはできるだけなくしたい。いいだろう。係長には俺から言っておく。その件、きっちりやってくれ」

黒田が礼をしたので、谷口もそれにならった。

席に戻ると谷口は、黒田に言った。

「これで、誰にも文句を言われず捜査ができますね」

「うまくいっただろう」

「うまくいった……？」

「熱血はけっこう役に立つんだよ。説得材料が足りないときは熱血に限る」

谷口は驚いた。

「管理官相手に芝居を打ったってことですか？」

「人聞きが悪いな。別に騙したわけじゃない。管理官だってこっちのポーズは百も承知だ。つまり、阿吽の呼吸だよ。管理官は俺に捜査させたい。だが、俺にそれをやらせるための根拠がない。こっちにも、ちゃんとした理由はない。二課に頼まれたってだけじゃ理由にならないからな。だから、熱血だ。それでお互いの顔が立つってわけだ」

「たまげたなあ……。自分はまだまだ警察組織のことが理解できてないようです」

「だから先輩や上司がいるんだよ。さて、夜は長いから、『かめ吉』にでも行って腹ごしらえするか」

午後五時四十五分頃、メインキャスターの鳥飼行雄が報道局に姿を見せた。『ニュースイレブン』で使っている大テーブルに着席すると、彼は鳩村に片手を上げた。

鳩村はすぐに席を立ち、鳥飼の近くの椅子に腰を下ろした。

「噂、聞いてますか？」

鳥飼はベテランアナウンサーで、鳩村にとっては局の先輩でもあるので、いつも敬語で話している。

「何の噂だ？」

鳩村は周囲を見回してから声を落とした。

「番組が打ち切りになるっていう噂です」

「番組って、『ニュースイレブン』のことか？」

「ええ」

「それ、本当のことか？」

聞き返されて、鳩村は慌てた。

「いや、本当とか嘘とか、そういうことじゃなくて、あくまでも噂ですから……」

「何で俺にそんなことを訊くんだ？」

「どの程度広まっているのか気になるじゃないですか。私はその噂、知りませんでした」

「誰から聞いたんだ」

「布施です」

鳥飼はにっと笑った。

「さすが布施ちゃん、耳が早い」

「栃本も知らない様子でした。鳥飼さんもご存じありませんか？」

「知らなかったな」

鳥飼は真顔に戻って言った。「こういう話は、意外と当事者は知らないもんだ」

「じゃあ、本当に打ち切りはあり得ると……」

鳥飼は顔をしかめた。

「問題は数字だよな。栃本が来て、多少は数字は戻っているんだろう？」

「ええ……。栃本が来たおかげかどうかはわかりませんがね……。たまたまかもしれません」

「デスクの、栃本や布施ちゃんに対する評価は厳しいからなあ。栃本もよくやっていると思うよ。たしかにやつがＫＴＨからやってきて、けっこう刺激になった」

「そうですかね……」

「しかしなあ……。栃本は番組のてこ入れのために、油井局長が呼んだんだろう。番組が打ち切りになったら、栃本はＫＴＨに戻るってことなのか？」

「いや……。噂が本当かどうかわからないんです。打ち切りを前提に話をされましても……」

そこに栃本がやってきた。

鳥飼が鳩村に言った。

「栃本とはその話、してるのか？」

「はい」

栃本が鳥飼に尋ねた。

「何の話ですの？」

「打ち切りの噂だ」

「ああ……」

栃本が急に秘密めいた顔つきになって言った。「私もそれとなく探ってみましたんやけど、局内ではあんまり広まってへんみたいですね」

「そうだろうな」

鳥飼が言った。「局内で噂になっていたら、当然私たちの耳にも入っているはずだ」

鳩村は考え込んだ。

「番組のことが、局内じゃなくて外部で話題になっているとしたら、それって、どういうことだ？」

「プロダクションじゃないのか？」

鳥飼が言った。「映像プロダクションにしてみれば、番組がなくなるのはそれこそ死活問題だろう」

もちろん記者が取材に行くことが多いが、大がかりな取材や遠方の取材など、映像プロダクションの力を借りることも少なくない。

映像素材に関しては、ほとんどプロダクションに丸投げという無茶な局もあるが、『ニュースイレブン』では、極力外部発注を抑えている。

予算の都合もあるのだが、できるだけ局の記者やディレクターの責任で取材をしたいという方針なのだ。

報道には責任が伴う。外部に任せてしまってはそのへんが曖昧になってしまう。それがいずれは大きな不祥事につながりかねない。

さらに、ニュースの質を保つためには、どうしてもデスクや番組ディレクターの眼の届く範囲で取材する必要がある。

特に鳩村はその点にこだわりたかった。

「うちは、プロダクションを利用する比率が低いですから、そっちの線はあまり考えられないんじゃないでしょうか」

「デスクは、布施ちゃんからその話を聞いたと言ったな？」

「ええ」

「布施ちゃんはその話を誰から聞いたんだ？」

「それは……」

鳩村は戸惑った。「布施本人に訊いたほうがいいと思います。もうじき来るはずですから……」

「デスクの口からはあまり広めたくないということか？」

「ええ、まあ……」

すると、栃本が言った。

「ええやないですか。どうせ、布施さんは隠さはらへんのと違いますか？」

鳩村は言った。

「噂の影響は最小限に抑えたいし、やはりニュースソースを明かすのには抵抗がある」

「わかった」

鳥飼がうなずいた。「じゃあ、布施ちゃんが来たら訊くことにしよう」

栃本が言った。

「噂をすれば、いうやつですよ。布施さんや」

布施がテーブルに近づいてくる。

鳥飼が声をかけた。

「やあ、布施ちゃん。なんだかぼうっとした顔してるな」

「あ、どうも。起きたばかりなんで」

鳩村が鳥飼に言った。

「朝まで六本木あたりで遊んでいて、局に寄ってから帰ったんです。それから寝たみたいですね」

鳥飼が言う。

「うらやましいねえ、そのバイタリティー」

布施が言う。

「鳥飼さんだってまだまだいけるでしょう」

「いやいや、俺はもう年だ。それに深夜の帯があると遊びには行けない。……で、その番組の話なんだけど、打ち切りの噂を聞いたんだって？」

布施は椅子に腰を下ろすと、こたえた。

「ええ、そうなんです」

「誰から聞いたんだ？」

「藤巻清治さん」

鳥飼は一瞬言葉を失った様子だった。

鳩村は言った。

「藤巻清治はＩＴ長者で、最近ネットなどでその言動が注目されています」

鳥飼が言った。

「知ってるよ、そのくらい。布施ちゃんが、あまりにあっさりとこたえるんで驚いただけだ。藤巻清治は、どんなことを言ってたんだ？」

「『ニュースイレブン』、よく見てるんで、なくなると淋しいって……」

鳥飼がわずかに身を乗り出す。

「へえ、意外なファンがいたもんだな。……それから？」

「『ニュースイレブン』がなくなったら、香山さんはどこに行くのかな、って言ってました」

「なるほど、彼がうちの番組を見ていた理由は彼女か……」

栃本が言った。

「男性視聴者は、少なからずそうやないですか？」

布施がさらに言った。

「もし仕事がなくなるようだったら、秘書かＰＲ担当に雇おうかと言っていた」

鳥飼が目を丸くした。

「金持ちは何でもアリだな。まさか、本気じゃないよな」

「本気かもしれませんよ」

布施が言った。「藤巻さんは、目的達成能力が抜群です。やりたいと思ったことには必ず結果を出すんです。例えば、プロ野球の球団を買うことに比べれば、香山さんをスカウトすることなんて簡単でしょう」

鳩村は言った。

「まったくITの連中は、やりたい放題だな……」

「ITバブル崩壊を生き延びた連中ですからね」

布施が言う。「彼らはたくましいですよ。頭もいいですし……」

鳥飼がつぶやくように言う。

「その当の本人はどうなんだろう。香山君は噂を知っているのだろうか……」

栃本が言った。

「それも、本人に訊いてみはったら、どうですか?」

香山恵理子が、ジーパンにダウンジャケットという恰好で報道局に現れた。

5

「おはようございます」

香山恵理子が言った。

テレビ業界では、昼だろうが夜だろうが、挨拶は「おはようございます」だ。報道局ではそういう挨拶をすべきではないと、鳩村は思っていた。

だが、目くじらを立てて説教するほどのことでもない。それに、香山恵理子は局アナではない。外部のプロダクションに所属している。

局員ではない者に、鳩村が苦言を呈するのは筋違いな気がした。

テーブルに向かって座った恵理子に、鳥飼が尋ねた。

「なあ、噂知ってる?」

恵理子が鳥飼の顔を見る。

「噂……?」

「番組が打ち切りになるって噂だ」

「ああ……」

彼女は、自分に注目している男たちの顔を見回した。「聞いてます。でも、真相はどうなんですか?」

鳥飼がこたえた。

「どうと言われてもなあ……。この中でその噂を知っていたのは、布施ちゃんだけだから……」

「あら。当然、デスクはご存じだと思っていました」

鳩村はかぶりを振った。

「聞いたこともない。君はどこでその話を聞いたんだ?」

「どこだったかしら……。事務所だったんじゃないかしら」

「やっぱりな……」

鳥飼が言った。「外部のプロダクションなんかで噂になってるんじゃないのか。連中は耳が早い」

それを受けて、布施が言った。

「そりゃ、彼らにとっては死活問題ですからね」

鳩村は布施に尋ねた。

「藤巻清治は、どうしてそれを知っていたんだろう」

布施がこたえる前に、恵理子が反応した。

「藤巻清治が……？」

布施が恵理子に言った。

「そう。彼は、香山さんを秘書かPR担当に雇おうかって言ってた」

「あら、光栄だけど、私に秘書は務まらないわ。物事、かなりいい加減だから」

「PR担当はいいかもしれない」

「藤巻さん、本気じゃないんでしょう」

「あの人、やると言ったらやるよ」

鳩村は言った。

「布施、質問にこたえてくれないか」

布施が言った。

「藤巻さんが、どうして番組打ち切りの噂を知っていたのかって話ですか？　さあ、俺にはわかりません。藤巻さんはいろいろな情報源を持っていて仕事に活かしていますしね。それに遊び仲間も多い」

「おまえもその一人というわけか」

「そうですね。飲み仲間ですね」

栃本が言った。

「最近、若い人の間でも藤巻清治が話題になることが多いですね」

恵理子がうなずく。

「ネットの世界ではカリスマね」

栃本がそれにこたえる。

「過激な発言に若い人らが反応するんやね」

「そうだな」

鳥飼が言う。「竹島(たけしま)のことや、尖閣(せんかく)諸島、そして北方領土のことについてよく発言しているな」

「そうそう」

栃本が言った。「昔ながらの民族派やなくて、ネトウヨなんかがそれに食いつくんやね」

ネトウヨ、つまりネット世界の右翼だ。

鳥飼が言った。

「ネトウヨの多くは、ちゃんとした理論のバックグラウンドがあるわけじゃなくて、勢いやムードで発言したり、他人の意見に噛(か)みついたりするからな」

それに対して恵理子が言う。

「ネットで発言している人たちの中にも、ちゃんと歴史を学び、政治理論を研究している人もいますよ。ただ匿名性というネットの特性があって、無責任な発言や考えを欠いた発言が目立つだけです」

　鳥飼が肩をすくめる。

「私は一般論を言っただけだよ。私自身はネットの書き込みを毛嫌いしているわけじゃないし、もはやそんな時代じゃないことはわかっている」

　恵理子が言う。

「インターネットはすでに人々の生活になくてはならないものになっていますからね」

たしかにそうだと、鳩村は思った。いつの間にか、インターネットなしでは仕事もできなくなっている。

日常のメールのやり取りもそうだし、参考映像でネット上にアップされているものを使用することもある。出張先のホテルでも今やネット環境は必須だ。

　恵理子が言うようにネット上の書き込みはまさに玉石混淆だ。それだけネット社会が成熟したということだろう。つまり、実社会とそれほど違いがなくなってきたのだ。

ただ、恵理子が指摘したとおり、匿名性という特徴は残り続ける。だから、一時期問題が多発して閉鎖した掲示板のポータルサイトも、事実上復活している。

　ＩＴ長者の一人である藤巻清治は、ネット社会の申し子とも言える。彼は仕事でもプライベートでもインターネットを駆使して、その存在感を世にアピールしているのだ。

言い換えると、常にあふれんばかりの情報に囲まれているということだ。当事者である自分たちが知らない噂を知っていても、不思議はないのかもしれないと、鳩村は思った。

布施が恵理子に言った。

「藤巻さんが本気でアピールしてきたら、香山さん、どうします？」

「あり得ないわ」

「何があり得ないんです？　藤巻さんのオファーにこたえることが、ですか？」

「藤巻さんが、私に声をかけること自体があり得ないと思う」

「そうかな……。けっこう本気みたいだったけど」

「今のところ『ニュースイレブン』以外の仕事は考えられない」

「その『ニュースイレブン』がなくなるかもしれないんですよ」

「布施さんは、平気なん？」

栃本が言った。「番組に愛着とかないんかいな」

「もちろん愛着はあるさ。でも、局の方針なら仕方がないじゃない」

「長い物には巻かれろ、か」

鳩村は言った。「局の方針だから仕方がないというやつは、いずれ国の方針だから仕方ないと言うようになる。ジャーナリストとしては失格だ」

布施は、何も言い返さない。ただ苦笑を浮かべているだけだ。

代わりに鳥飼が言った。

「そいつは誤解だよ。布施ちゃんの反骨精神はなかなかのものだと思う」

「そうですかね」

鳩村は鳥飼に言った。「反骨と言いますが、こいつに気骨があるとは思えません」

「やたらに反発するだけが反骨精神じゃないよ。人それぞれ、いろいろな形があるだろう。布施ちゃんの場合、柳に風というタイプなんだと思う」

布施が言った。

「いやあ、俺はデスクの言うとおりかもしれませんよ」

そのとき、バイトが項目表のコピーを持って来た。最初の会議で配る項目表はすかすかだ。

トップのニュースはまだ仮だ。ＶＴＲの完パケを使用する特集だけが確定で入っていた。

それをみんなに配ると、鳩村は言った。

「さあ、噂なんか気にしていてもしょうがない。会議だ」

鳩村が項目表の内容を説明する。打ち合わせはすぐに終わった。

鳥飼と恵理子は、それぞれ、パソコンに向かったり、記者に質問したりと下調べを始めた。栃本はそのままテーブルに残っている。

布施が立ち上がった。

嶋村が布施に言った。

「どこに行くつもりだ？」

「八時の会議までに腹ごしらえをしてこようと思いまして……」

「欠席は許さないぞ」

「ちゃんと戻ってきますって……」

布施はそう言うと報道局を出ていった。


まだ午後七時前と時間が早いので、『かめ吉』はすいていた。おかげで今日も、谷口と黒田は、店の奥の席を確保できた。

この席は特等席だ。他の席から離れているので、話を聞かれる恐れが極めて少ない。それに、ここまでやってくる度胸のある記者はそれほど多くはない。

黒田がビールを頼んだので、谷口は驚いた。

「まだ仕事は終わりじゃないですよね」

「喉を潤すくらいはいいだろう。おまえも飲みたきゃ飲めよ」

「いや、自分はやめておきます」

その代わりにしっかり腹ごしらえをすることにした。酒のつまみではなく、ご飯と味噌汁、それに豚肉の生姜焼きを注文した。

黒田は、鶏モツの煮込みにしめ鯖、店の名物のコロッケだ。それにビールで夕食の代わりにするらしい。

食事をしていると、布施の姿が眼に入った。黒田も彼を見つけたようだ。黒田は何も言わずにビールを飲み、つまみを口に運ぶ。

布施はカウンター席に腰かけ、メニューを眺めている。こちらを気にしている様子はない。

黒田は布施を無視しているように見えるが、実は気になっているはずだと、谷口は思った。最近ようやく、黒田と布施の微妙な駆け引きが理解できるようになってきた。

刑事と記者という立場を考えると、かなり特殊な関係に見える。記者は刑事から何かを聞き出そうとし、刑事はそれをうるさがる。それが普通だと、谷口は思っていた。

だが、経験を積むと、記者はただ邪魔なだけではないことがわかってくる。ベテラン刑事の中には、記者と良好な関係を保っている者もいる。

口では罵ったりしながらも、記者を信頼している刑事もいる。

黒田と布施も、そうした関係のバリエーションの一つなのかもしれないと、谷口は思いはじめていた。

刑事と記者は距離を保たなければならないのは当然だが、黒田もその点は気をつけているに違いない。

そのとき、谷口は、自分たちの席に近づいてくる男に気づいた。見覚えがある。

麻布署の副署長席の前で会った記者だ。とたんに黒田が不機嫌になるのがわかった。

その記者が黒田に声をかけた。

「お食事中、失礼します」

黒田が相手も見ずにこたえる。

「まったく失礼だな」

相手は苦笑した。

「すぐに引きあげます。一言だけお願いしますよ」

「あんた、麻布署の担当だろう。俺に用はないはずだ」

「継続捜査を担当しているお二人が、どうして麻布署の副署長をお訪ねになったのか、どうしてもうかがいたいと思いまして……」

「山崎さんが言っていたことを聞いていなかったのか？　久しぶりに会って旧交を温めた。それだけだ」

「勤務時間中に、ペアで？」

黒田は、コップの中のビールを飲み干した。

「悪いか？」

「何を調べているんですか？　ヒントだけでもくださいよ」

「あんた、どこの誰だ？　まず、名乗るべきじゃないのか？」

「あ、失礼しました。東都新聞社会部の広野進太郎といいます」

彼は名刺を取り出した。黒田はそれを受け取り、ちらりと見る。さすがに、名刺を無視するような失礼なことはしなかった。

「あれえ、広野さん。黒田さんと何やってるんですか？」

緊張感のない声は、持田だった。広野は東都新聞社会部と言っていた。つまり、持田と同じ社で同じ部署だ。

広野が言った。

「持田か。ちょっとな……」

黒田がしかめ面で言った。

「メシくらい落ち着いて食わせてくれ」

広野が言う。

「一言でいいんですよ」

持田が広野に言う。

「広野さん。ここは僕の縄張りですよ。何があったんですか？」

「黒田さんたちが、麻布署の山崎副署長を訪ねたんだ。何を調べているのか気になるだろう」

持田が黒田に言った。

「たしかに気になりますね。麻布署で何か事件ですか？」

「あんたには関係ない。あっちへ行ってろ」

持田には何も教えないだろうなと、谷口は思った。

布施を見ると、まったく関心のない様子で、食事を始めていた。布施が勤めているTBNは乃木坂にある。わざわざ平河町の『かめ吉』にやってくるのは、やはり夜回りをするためなのだろうが、まったくそんな素振りは見せない。不思議な記者だと、谷口は思った。

やがて黒田は、たまりかねたように言った。

「谷口、引きあげるぞ。勘定してこい」

「はい」

谷口が席を立とうとすると、広野が言った。

「食事の邪魔をしたことはお詫びします。でも、こちらも仕事でしてね……」

「あんたらの仕事に付き合う義理はないんでね」

黒田が立ち上がった。すると、広野は言った。

「待ってください。まだ食事の途中ですよね」

「あんたらのせいで、おちおちメシも食っていられない」

「わかりました。今日のところは引きあげますので、どうぞ食事を続けてください」

その言葉どおり、広野はその場を去っていった。持田が慌ててそのあとを追う。広野から詳しい事情を聞こうというのだろう。

二人が去ると、黒田は瓶からビールをコップに注いで、一口飲んだ。それから、突然声を上げた。

「おい、布施」

カウンター席の布施は、のんびりとした仕草で黒田のほうを見た。

黒田が布施を手招きした。布施は、席を立ち近づいてきた。

「黒田さん、何ですか？」

黒田が苛立(いらだ)たしげに言った。

「持田と広野が話を聞き出そうとしているのに、どうしてあんたはやってこないんだ？」

「話を聞き出そうとしている？　何のことです？」

「俺たちは今日、麻布署を訪ねた。広野がその理由を知りたがっていた」

「広野って、持田の先輩ですね」

「先輩かどうか知らんが、同じ新聞社だ。あんただって関心があるんじゃないのか？」

「黒田さんたちが麻布署を訪ねた理由ですか？　いいえ、別に関心はありませんよ」

「いろいろと探られるのも不愉快だが、そうあからさまに関心がないと言われるのもむかつくな」

「関心ないですよ。理由を知ってますから」

「何だって？」

「かつて龍土町にあったマンションの件でしょう？」

黒田は絶句した。

谷口も驚いていた。布施はどうしてそんなことを知っているのだろう。

長い沈黙の後に、黒田が言った。

「あんた、なんでそれを……」

谷口は、あっと思った。

黒田はよほど驚いたらしい。こういう質問をするということは、布施の指摘を認めてしまったことになるのだ。シラを切るほどの余裕がなかったわけだ。

谷口も、なぜ布施がそれを知っているのか訊きたかった。

布施がこたえた。

「ガソリンスタンドのオヤジさんに話を聞きにいったでしょう。あの人、飲み仲間なんです」

黒田があきれたように布施を見る。

「飲み仲間だって……？」

「たまに、六本木のホルモン焼きの店で飲むんです。彼が知らせてくれたんです。谷口と黒田って刑事が、昔近所にあったマンションで起きた自殺について調べに来たって……」

「くそ……」

黒田がつぶやいた。「あんた、油断も隙もねえな……」

「麻布署を訪ねたのもその件でしょう。理由を知っているから、黒田さんたちから聞き出す必要がなかった、ということなんです」

黒田は声を落とした。

「その件は、誰にも言うな」

「言いませんよ。俺独自のネタですからね」

「さっき関心がないと言ったが、マンションでの出来事にも関心がないということか？」

「そうじゃありません。黒田さんたちが麻布署を訪ねた理由について関心がないということです」

「じゃあ、あんた、その件、調べるつもりか？」

布施は薄笑いを浮かべた。

「そうですね。知り合いが関係しているかもしれないので……」

「知り合い……？」

黒田が眉をひそめた。「誰のことだ？」

「いやあ、それはここでは言えませんねえ」

黒田はしばらく布施を見つめてから言った。

「まあいい。いずれ教えてもらう」

布施はそれについては何も言わず、立ち上がった。

「それじゃあ、俺、食事の途中なんで……」

彼はカウンター席に戻っていった。

黒田は無言で考え込んでいる様子だ。不機嫌そうではなく、どこかうれしそうですらあるのが、谷口にはやはり不思議だった。

6

午後八時の会議には、全員顔をそろえていた。鳩村は、布施が戻ってくるかどうか心配していたが、杞憂だった。

彼は、ただ黙って項目表を眺めている。その項目表は、六時の会議で配ったものよりも空白が少なくなっている。

各局が足並みをそろえるような大きな事件はない。すべて続報の類だ。そして、政局も平穏だ。

こういう日は緊張しなくて済むが、やり甲斐(がい)という点では今一つだ。突発的な大事件を望むのは不謹慎であることは充分に承知している。だが、鳩村は根っからの報道マンだ。血湧き肉躍る報道合戦がない日はもの足りないと感じる。

まあ、とはいえ、平穏なのはいいことだと思いながら、鳩村は言った。

「では、次は九時の最終会議で……」

「ちょっと待って……」

恵理子がスマートフォンを見ながら言った。「藤巻清治が何か発言したようね。ネット上で話題になっている」

布施が言った。

「ああ、それ……。俺も見ました」

鳩村が言った。

「いったい何を言ったんだ？」

布施がこたえる。

「フィクサーを目指しているって……」

「フィクサー？　どういうことだ？」

「昭和の政治家は大人物が多かった。そういう人物にしか国は任せられない。そして、そうした昭和の政治家の背後には、必ずフィクサーと呼ばれる人々がいた。特に保守系与党に絶大な影響力を持つ人々だ。今日本は、そういう人材を必要としている……。かいつまんで言うと、それが、今回の藤巻清治の主張ですね」

鳩村は不快に思った。

フィクサーと呼ばれた人々の多くは第二次世界大戦終結の際に戦犯とされた。それが社会復帰を果たしたのは、ＧＨＱが反共のために利用したからだ。

そうした人々はたいてい民族主義的な思想を持っており、反社会的勢力とも結びついている。

たしかに戦後はそういう連中が政治の背後で暗躍していた。自民党がフィクサーを通じて安保闘争などの際に、反社会的勢力を利用していたことは歴史的な事実だ。

つまり、政党が暴力団を使っていたのだ。暴力団員から政治家になった者もいた。

「藤巻清治は、何を勘違いしているんだ？　今の日本にフィクサーはいない。それだけ民主的になったということだ」

「日々の暮らしに閉塞感を抱いている人は多いわ」

恵理子が言った。「景気もいっこうに上向かない。少子高齢化で、日本経済の先行きはさらに暗いという印象がある。人々は次第に追い詰められたような気持ちになる。そういうときに、懐古的に高度経済成長期やバブルの頃のことが語られるわけよ」

「言わせてもらうと、今の社会は日本人が自ら望んだ結果なんやけどね」

栃本が言うと、恵理子が尋ねた。

「自ら望んだ結果？」

「そや。田舎の大家族がうっとうしいて、都会で核家族で暮らしたいと、誰もが望んだんや。そんで、それが実現できる経済力を手に入れると、みんな都会で暮らしはじめたわけや。核家族化すると、少子化傾向になる。これは都市化の特徴の一つや。多くの人が望んだ生活を手に入れた結果、子供は少なくなり、やがて時が経つと、核家族は老人だけの家庭になっていったわけや」

　恵理子がうなずいた。

「懐古的なのは、そういう傾向に対する反省もあるのかもしれないわ」

「いや。大衆は反省などせえへんよ。ちゃんと反省してたら、地方はもっと活気づいてるはずや」

「つまり、私が言いたいのは、今の日本人は拠って立つものを求めているってことよ。だからネトウヨの発言が注目されるんじゃないかしら」

　鳩村は言った。

「日本の政治からフィクサーが消えたのは、民主主義の勝利だと思う。それだけ市民社会が成熟したということなんだ」

「いや、違いますね」

　栃本が言う。「おそらくは経済の構造変化のせいやと思います」

「経済の構造変化……？」

「かつて力を持っていたエネルギー産業や鉱工業、土木建築といったものが衰退し、代わって流通業とかＩＴとかが、勢いづいたわけやね。つまり、昔、力を持っていた人たちが力を維持でききんくなったんや」

「じゃあ」

布施が栃本に言った。「ＩＴで財力を得た藤巻さんが、フィクサーになろうというのも、あながち見当外れじゃないってことになるよね」

「どうやろね。フィクサーになるには金だけではあかん」

「藤巻さんなら、いろいろと人脈を持っていると思うよ」

恵理子が言う。

「藤巻清治は、これまでも竹島や尖閣諸島、北方領土などについて、民族主義寄りの発言をして、物議をかもしたことがあるわね」

布施が言った。

「領土問題は国の根幹に関わる問題だと言ってますね」

「それで……？」

鳩村は恵理子に言った。「藤巻発言を、どうしろと言うんだ？」

「注目に値するんじゃないかと思ったんです」

「だからといって、『ニュースイレブン』で取り上げるわけにはいかない。ネット上の話題だろう。そんなものを取り上げるのは報道の仕事じゃない」

布施が言った。

「新聞記事をテレビで紹介する番組がありますけどね」

「うちの局ではやっていないよ」

それまで聞き役に回っていた鳥飼が発言した。

「あれ、海外のジャーナリストが見たら仰天するらしいね。海外ではあらゆるメディアがライバルだから……」

鳩村は言った。

「とにかく、ネットの話題を番組で取り上げる気はない」

布施が言った。

「でも、注目すべきだと言った香山さんの意見は正しいと思いますよ」

「個人的に注目するのはかまわない。だが、『ニュースイレブン』で取り上げることは、あり得ない。以上だ」

鳩村はテーブルを離れてデスク席に戻った。

あとの四人はテーブルに残ったままだった。恵理子と布施が話を続けている。時折、栃本が会話に参加する。鳥飼は主に聞き役だが、言葉を挟むこともある。

彼らが何を話し合っているのか、鳩村は気になりはじめた。いつもは、すぐに散っていくのだ。

鳩村は、放送予定のニュースのタイトルを、パソコンの所定の欄に打ち込んでいた。それが、ディレクターとタイトル室にリアルタイムで送られる。

タイトル室で、スーパーインポーズ等の処理が行われるのだ。

昔は、タイトル連絡票という紙に手書きだった。それをバイトに手渡す。するとバイトは駆け足でディレクターに届けたのだ。

今はパソコンに打ち込むだけだ。実務はどんどん楽になっていく。だが、仕事そのものが楽になるわけではない。手書きだろうがパソコン入力だろうが、タイトルを決めるための苦労は変わらないのだ。

いくつかタイトルを決めて、再びテーブルのほうを見やった。今や四人全員が積極的に会話に参加している。

ついに鳩村は席を立って、テーブルに戻った。

「みんな、何の話をしているんだ？」

その問いにこたえたのは、鳥飼だった。

「藤巻清治のことだよ」

「ですから、番組では扱わないと……」

鳥飼がかぶりを振った。

「それはわかっている。だが、個人的に注目するのはかまわないと言っただろう」

「そりゃそうですが……」

栃木が言った。

「そやから、こうして個人的な意見を交換してますのや」

「番組のメインスタッフ五人のうち四人が意見交換しているんだ。これが個人的と言えるか？」

　鳥飼が言う。

「会議は終わったんだから、個人的な話をしてもかまわないだろう」

　鳩村は溜め息をついてから、テーブルに向かって座った。

「わかりました。何を話していたのか、私にも教えてください」

　恵理子がこたえた。

「藤巻清治の発言の裏には、国民の政治不信がくすぶっているように思える……。まあ、だいたいそんな話です」

「それほど大げさなことかな……」

「大げさではないと思いますよ。国民は明らかに今の政治に満足していない。かといって、政権交代の受け皿になるような野党はない。そういう場合、普通は政治離れで済むんですが、それに生活苦が加わるわけです」

「生活苦と言うが、今の景気は決して悪くない」

　それに対して布施が言う。

「それは数字上のことで、庶民の実感からすると、やっぱり不景気なんですよ」

　栃本が補足するように言う。

「経済格差が広がってますから。あるところにはぎょうさん金があるんやけど、それが一般庶民にまで回ってへんのです」

恵理子が説明を続けた。

「生活が苦しいのは政治が悪いせいだと、庶民は考えます。ですが、政権交代の受け皿がない。そういう鬱憤が溜まっているのです。そのエネルギーが民族主義的な方向に流れているような気がするんです。ネットを見ているとそんな気がします」

鳩村は尋ねた。

「そういう流れが、藤巻清治の発言の裏にあるというのか?」

「でなければ、藤巻清治が何を言ってもネット上で取り沙汰されることはないでしょう」

「つまり、ネット上では藤巻清治の発言を支持する声が多いということだな」

「圧倒的です。竹島や尖閣諸島について発言したときも、今回のフィクサーを目指すという発言についても……」

鳥飼が言う。

「これは危険な兆候だと思うね。この中で一番長く生きているのが私だから言わせてもらうとね。こういう風潮を無視するのは、マスメディアの役割を放棄したことになるんじゃないかね」

「マスメディアの役割を放棄……？」

「そうだ。マスメディアの役割は四つある。報道、教育、娯楽、そして警鐘だ。私たちは、社会に警鐘を鳴らす役割を担っているはずだ」

　鳩村は言った。

「報道には客観性が、何より大切です。国民の不満が募っていて、それが右傾化に結びついているというのは、あくまで主観的な見方でしかありません」

「でもね……」

　鳥飼が言った。「我々マスコミは過去に何度も過ちを犯してきた。戦前・戦中を通じてマスコミは戦意高揚に手を貸してきた。権力者の言いなりになり、国民を欺いた。戦後、その反省の上に再出発したんじゃないか。今、目をつむっていては、我々は戦争に手を貸したかつてのマスコミと同じになってしまう」

　鳩村はすっかり驚いてしまった。

「そんなに危機的な状況だとは思いませんが……」

「それは私にもわからない。だが、若い世代が何かきな臭いものを感じている。もしかしたら、香山君や布施ちゃんは、私たちにはわからない何かを感じ取っているのかもしれない」

「いや、ここは冷静になるべきでしょう。報道には根拠が必要です。つまり、番組で取り上げるには何か根拠が必要なんです」

「私だってすぐに番組で取り上げようとは思わない。特集にできるように、下調べを始めてはどうかと思う」

「私たちは報道マンです。ムードを報道することはできません」

「繰り返すが、そのムードを黙認したから先の戦争は防げなかったんじゃないのか？」

「おっしゃりたいことはよくわかります。だからこそ、我々は不確かなものを報道してはいけないのだと思います」

「証明できないことの中に真実が潜んでいることもある」

「それもわかります。私が言いたいのは、番組で取り上げるにはもっと具体性が必要だということです」

「具体性というのは、何だ？」

「明確な事実です」

「もちろんそれは報道の基本だが、それだけでマスコミの責任を全うできるわけじゃない。繰り返すが警鐘を鳴らすことも必要なんだ」

鳩村がさらに反論しようとしたとき、布施が言った。

「警察が動いていればいいんですよね」

鳩村は、布施が何を言っているのかわからず、尋ねた。

「何を言ってるんだ？」

「ぼんやりしたムードとかじゃなくて、実際に警察が内偵とか捜査で動いているという情報があれば、番組としても考えてもらえるわけですよね」

「何に対して、どう警察が動いているというんだ？」

「黒田さんたちが、六本木にかつてあったマンションについて聞き込みをやってるという情報を得ました」

「聞き込み……？」

どうやらこの話については、他の者たちも初耳らしく、怪訝そうな顔で布施を見つめている。

布施の説明が続いた。

「そのマンションで何があったのか気になっていろいろ調べてみました。たぶん、黒田さんたちが調べているのは、二十年前の大学生の自殺じゃないかと思います。あ、これ、まだ未確認情報なので、裏取りが必要です」

ますますわけがわからず、鳩村は尋ねた。

「その大学生の自殺がどうしたというんだ？」

「黒田さんと谷口さんは、特命捜査対策室です。つまり、継続捜査を担当しているんです。その二人が自殺を洗い直しているということは、自殺でなかった可能性があるということなんじゃないですか？」

「それも臆測だろう」

「ええ。だから、今まで黙っていたんです。誰かに話すなら、裏を取ってからだと思って……」

「その学生が自殺じゃなかったら何だと言うんだ？」

「亡くなった学生は、当時ＳＳという名前のイベントサークルの幹部でした」

「イベントサークル……」

「そして、そのＳＳの主宰者は、藤巻さんだったんです」

「あ……」

そこでつながるのか……。鳩村は驚いて布施を見つめていた。他の者たちも同様だった。

最初に口を開いたのは栃本だった。

「布施さん、藤巻清治と飲みにいった、言うてましたな？　それを探るのが目的やったんですか」

「とんでもない」

布施が言った。「藤巻さんといっしょに飲むようになったのは最近のことですけど」

「じゃあ、黒田さんが自殺のことを調べてるっていうんは……？」

「今日知ったばかりです」

「なんや、たまたまかいな」

「そう。たまたまです」

鳩村は布施に尋ねた。

「今日知ったばかりだって？　今日は朝帰りで寝てたんじゃないのか？」

「ずっと寝ていたわけじゃないですよ。電話だってメールだってSNSだってあるんだし、ネット検索すればある程度のことは調べられます」

鳥飼が言った。

「なるほど、いつどこでも情報収集はできるというわけだな。布施ちゃんはたまたまと言ったが、決してそうじゃないだろう」

鳩村は鳥飼に言った。

「本人が言うとおりたまたまでしょう。予知能力でもない限り、藤巻清治と飲み歩いていたことが、黒田さんの捜査と結びつくなんて、わかるはずがない」

「嗅覚だよ。布施ちゃんには、事件を嗅ぎつける独特の嗅覚があるんだ。藤巻清治に近づいたのも、おそらく何かぴんとくるものがあったからだろう」

布施が言った。

「いやあ、向こうから近づいてきたんですけどね」

鳩村は尋ねた。

「向こうから?」

「ええ。俺が『ニュースイレブン』の記者だと知った藤巻さんが声をかけてきたんです。彼は本当に香山さんに興味があるらしいんです。俺に声をかけてきたきっかけは香山さんなんです」

恵理子が言った。

「あら、本当に仕事をオファーされたら、どうしましょう」

鳥飼が言った。

「きっかけはどうあれ、警察が動いているとなると、追ってみるべきだろう。スクープにつながるかもしれない」

鳩村はしばらく考えてから言った。

「わかりました。やってみましょう」

恵理子がほほえんだ。

「じゃあ、布施君と私が中心になって取材するわ」

「いいだろう」

鳩村は言った。「どうせ、布施は好きにやるんだろうからな」

見ると、布施が笑みを浮かべていた。

7

午後九時の最終会議に配られる項目表は、ほぼ決定稿だ。すべての欄が埋まっている。突発的な出来事がない限り、番組はこのとおり進む。

今日は何の問題もないだろうと、鳩村は思った。

鳥飼も恵理子も慣れたもので、生番組だからといって特に緊張はしていない。すでに彼らの頭の中では、番組の最後までの流れができあがっているはずだ。

使用予定の映像の編集もすでに終わり、ハードディスクに収められている。いまだにテレビ局では映像のことを「V」と呼ぶことが多い。

つまり、VTRの略だ。かつては、実際にVHSなどのビデオテープを使っていた。今ではほとんどすべてデータで扱う。だが、当時の名残で、今でも「V」という言い方がまかり通っている。

番組の最後は、一日の出来事を振り返る完パケVの「プレイバックトゥデイ」だ。

それを流せば、あとはエンディングだ。鳥飼と恵理子が一言挨拶をして番組は終了する。

確定CMが入ると、副調整室、いわゆる副調内に「お疲れ様」の声が飛び交う。

事故もなく番組を終えると、鳩村は副調から報道フロアに下りた。

大テーブルに布施と栃本の姿があった。鳩村が近づくと、栃本が「お疲れ様でした」と声をかけてきた。ほどなく、報道スタジオから鳥飼と恵理子も戻って来る。

いつもならすぐに解散だ。ウイークデイのすべてが生放送なので、鳥飼と恵理子は少しでも早く帰りたいのだ。

だが、この日はちょっと様子が違った。

まず、栃本が布施に言った。

「さっきの話やけど、ちょっと気になるんや」

「さっきの話？」

「藤巻清治がＳＳとかいうイベントサークルの主宰者やったという話や」

「何が気になるの？」

「私は当時、藤巻の名前を知らんかった。他の人はどうや？」

その問いに、恵理子がこたえる。

「私は、あくまでＩＴ長者としての藤巻清治しか知らない」

鳥飼がこたえる。

「俺もそうだな」

布施が栃本に尋ねる。

「それで……？」

「自殺者が二人も出たイベントサークルやろ？　当然その主宰者の名前も報道されたん違うの？」

「なんで報道されなきゃならないの？」

「なんでて……」

栃本が、鳩村を見てから布施に視線を戻して言った。「二人も自殺したなんて、大事件やないの」

「女子学生の自殺については、ほとんど報道されなかったんだよ。原因が不明だったし、事件に巻き込まれたという証拠や証言がなかったんでね」

「ＳＳが原因と違うの？」

「そういう臆測が飛び交ったのは事実のようだね。でも、警察はその確証をつかめなかった。だから、ＳＳについては何も報道されなかった」

「そやけど、それに続いてＳＳの幹部も自殺したんやろ？」

「その自殺についても、ＳＳとの関連は証明されなかった。そう警察が発表しているんだから、ＳＳのことを報道できるはずがない」

「そうね」

恵理子が言った。「そう言えば私たち、布施君から聞くまでSSという名前も知らなかったわ」

栃本が食い下がる。

「誰が考えたって怪しいやないの。新聞やテレビで報道できんくても、週刊誌が書きそうなもんや」

「もちろん、そういう疑惑について書いた週刊誌はあったかもしれない。でも、団体名とか個人名を実名で書いたら、それこそ大問題だよ」

「なるほどな……」

鳥飼が言った。「だから、我々はSSという名前に聞き覚えがなかったんだ。そして、藤巻清治がそのイベントサークルの主宰者だと知らなかった……」

「警察は当然、二件の自殺について関連を疑っていたんやろね？」

栃本が尋ねると、布施は肩をすくめた。

「それは警察に訊いてみなけりゃわからない。でも、当時は関連があるという発表はなかったはずだよ。どんなに疑わしくても、証明できなければ、発表はできないからね」

「そやなあ……。証拠がない限り、団体名も個人名も出せへんなあ……」

恵理子が布施に尋ねた。

「藤巻さんがSSの主宰者だったって、誰から聞いたの？」

布施はあっさりとこたえた。

「本人からだよ」

鳩村は言った。

「おい、ニュースソースの扱いは慎重にな」

「別に秘密にする必要はないでしょう」

「この場合はそうかもしれんが、心がけの問題だ」

「わかりました」

布施はいつも、返事だけは素直だ。

鳥飼が時計を見て言った。

「とにかく、今日は遅いから、またにしよう。今回は水曜日だったから、次の鳩村班の当番は金曜日か」

日が変わって午前零時五十分だ。鳩村はこたえた。

「そうですね」

「じゃあ、そのときにでもまた話をしよう」

恵理子が布施に言った。

「取材に行くときは知らせて。付き合えるかもしれない」

「いやあ、香山さんをフィールドワークに引っ張り出すと、またデスクに叱られるからなあ」

「私と布施君が中心になって取材をするって決めたはずよ」

鳩村は言った。

「番組に穴をあけられちゃたまらないんだよ」

布施が恵理子に言う。

「ほらね」

恵理子が鳩村に言った。

「絶対にそんなことがないように気をつけるわ」

「物事に絶対なんてないんだよ。取材となればなおさらだ。布施は危ない橋も渡る。表に出るキャスターには、可能な限り危険は避けてもらう」

それに対して鳥飼が言った。

「バラエティーの司会ならそれでいい。だが、俺たちはニュースキャスターなんだ。時には取材に体を張ることも必要だ」

鳩村は言った。

「おっしゃりたいことはわかります。我々はみんなジャーナリストですからね」

栃本が言った。

「私は違いますけど」

鳩村が言う。

「『ニュースイレブン』にいる限りは、ジャーナリストだという自覚を持ってもらう」

「はあ……」

鳩村は栃本から鳥飼に視線を戻して言った。

「でも、それぞれに役割というものがあるでしょう」

布施が鳩村に言った。

「だいじょうぶですよ。万が一にも香山さんを危ない目になんてあわせやしませんから」

鳩村は言った。

「その言葉を忘れるな」

それが、締めくくりだった。会話は終わり、まず鳥飼と恵理子が報道フロアをあとにした。

栃本が布施に言った。

「今日も飲みに行かはるの？」

「いやあ、今日は帰るつもりだけど……」

「遊びに行かへん日もあるんやね」

その権利をありがたく使わせてもらうことにした。当番日はタクシーを使ってもいいことになっている。

鳩村も引きあげることにした。

「はい。おやすみなさい」

「ほな、金曜日に……」

「そりゃそうですよ」


木曜日の朝、谷口は登庁すると黒田に言われた。

「池田管理官が呼んでいる。二人そろって来いと言われている」

二人はすぐに池田管理官の席に向かった。

机の正面に立つと、黒田が言った。

「お呼びでしょうか」

池田管理官は、挨拶もなしに言った。

「昨日の件だ」

「六本木の自殺の件ですか?」

「そうだ。ちょっと気になったことがあってな……」

「……とおっしゃいますと?」

池田管理官は黒田を見据えるように言った。

「ＳＳの名前は外部に出してないだろうな？」

谷口は思わず黒田の顔を見ていた。黒田は無表情だ。

「出しておりません」

池田管理官がうなずいた。

「それでいい」

「質問してよろしいですか？」

「何だ？」

「なぜ、改めてそのようなことを……？」

「自殺者との関連だ。自殺した春日井伸之はたしかにＳＳの幹部だったが、彼が自殺したこととＳＳとの関連は証明されなかった」

「女子大生の件はどうです？」

「言っただろう。その女子大生の自殺と春日井の自殺の関連も証明されなかった」

「周囲が隠していたのかもしれないとおっしゃいましたよね」

池田管理官はわずかに顔をしかめた。

「当然そういうことも考えたさ。だがな、何も証明されなかったというのが事実なんだ。だから、ＳＳの名前とかを外部に洩らしてはならない」

黒田がうなずいて言った。

「もちろん、そういうことは心得ています。マスコミに洩れたら、連中はあることないこと書き立てますからね」

「そういうことだ」

池田管理官は、眼を机上の書類に向けた。話は終わったということだ。黒田が礼をしたので、谷口もそれにならった。

席に戻ると、谷口は小声で言った。

「あれ、どういうことです？」

「どういうこと？」

「管理官、昨日はあんなこと言ってなかったじゃないですか」

「SSの名前を外部に洩らすなってことか？」

「ええ」

「急に事情が変わったようだな」

「事情が変わった？」

「忖度(そんたく)したんだろう」

「え……」

谷口は黒田が何を言っているのかわからず、目を瞬(しばたた)いた。「忖度……？」

「そうだよ。何か、あるいは誰かに気を使って、注意を喚起したってわけだ」

「圧力がかかったってことですか？」

「警察に圧力をかけるなんて面倒なことをするやつはいないよ。世間で圧力がかかった、なんて言う場合は、たいてい忖度なんだ。つまり、自主規制が多いんだ。役所ってのはそういうものだ」

「政府に気を使ったということですか？」

「そうとは限らない。政府に近い誰かということもある」

「やりにくくなりましたね」

谷口が言うと、黒田が聞き返してきた。

「やりにくくなった？　なんで」

「だってそうでしょう。ＳＳのことを外部に洩らすなってことは、その名前を出して聞き込みはできないってことでしょう？」

「そんなことはない。マスコミに洩れなければいいんだ」

谷口は、昨夜のことを思い出して言った。

「布施さんは知っているかもしれませんね」

黒田は肩をすくめた。

「そうかもしれないな」

「それ、まずいんじゃないですか」

「俺が布施に話したわけじゃない。だから、別にまずくはないさ。どんなに秘匿してもマスコミは嗅ぎつける。だが、俺たちが洩らしたんじゃなければ問題はない」

「自分たちが洩らしたんじゃないって、どうやって証明するんです？」

「証明しなくてもいい。主張すればいいんだ」

「そうでしょうか……」

「そうなんだよ」

黒田は思案顔で続けた。「池田管理官が、何を気にしているのか、調べておかないといけないな。地雷を発見しておかなければ、うっかり踏んでしまうかもしれない」

「なんだか危険な臭いがします」

「池田管理官はな、捜査をするなと言ったわけじゃないんだ。自殺の件を、すっきりしない事案だったと言っていた。つまり、俺たちにしっかり捜査しろと言いたかったわけだ」

「でも、ＳＳのことを外部に洩らすなと釘を刺されたんですよ」

「慎重にやれということだ」

「当時のＳＳの関係者を当たるということですか？　そうなると、どうしたってマスコミに嗅ぎつけられてしまいますよ」

黒田はさらにしばらく何事か考え込んでいる様子だった。やがて彼は言った。

「なら、すでに知ってそうなやつに訊いてみるか……」

「それって、布施さんのことですか？」

「あいつが何をどこまで知っているのかも気になる」

布施といえどもマスコミには違いない。彼から話を聞くのは藪蛇にならないだろうか。そんな心配もないわけではなかったが、ここは黒田に任せようと、谷口は思った。

黒田が電話を取り出し、かけた。

「ああ、布施か？」

さっそく連絡したというわけだ。さすがに決断と行動が速い。

電話を切ると、黒田は言った。

「午後なら会えると言っている。二時に約束をした。おまえ、車都合してこい」

「わかりました」

刑事が車を使うのは、一般に思われているよりずっと面倒だ。たいていは事前に申し込んでおかなければならない。

谷口は、黒田の意図をすぐに理解した。二人はいつもは車など使わない。黒田は、布施と車の中で話をしたいのだ。

どこで誰が会話を聞いているかわからない。話の内容を聞かれなくても、記者と話をしているところを誰かに見られるのは、刑事としてはあまり望ましくない。

どうしても情報のリークを疑われるからだ。黒田も、普段ならそれほど気にしないはずだ。しかし今後は、ことさらに慎重にならなくてはならない。

会話をするのに、一番安全なのは車の中なのだ。それも移動中の車の中は他人から話を聞かれる恐れはないし、見られる危険も少ない。

車内用のドライブレコーダーが稼働していないことを確認すれば、車の中の秘密はほぼ守られると思っていい。

谷口は、刑事総務課に掛け合ってなんとか捜査車両を使わせてもらうことにした。


ハンドルを握るのは谷口だ。黒田は助手席で窮屈そうにしている。手配したのはメタリックグレーの覆面車で、助手席の居心地はひどく悪い。

無線機、サイレンアンプ、照会用の端末などが装備されているからだ。螺旋(らせん)コードがついた赤色回転灯も助手席の前に置かれている。そういうわけで、通常の車より助手席が狭いのだ。

谷口は、乃木坂に行けと、黒田から言われていた。そこで布施を拾うのだ。

谷口は、約束の午後二時ぴったりに乃木坂のＴＢＮの近くにやってきた。路上に布施が立っているのが見えた。車を歩道に寄せて停まった。

黒田が助手席から降りて、布施に言った。

「乗ってくれ」

布施は何も言わず後部座席に乗り込んだ。黒田もその隣に乗る。被疑者の身柄を運ぶときのようだと、谷口は思った。

刑事にこんな扱いをされると、誰でも緊張するものだ。だが、布施は平気な顔をしている。くつろいでドライブでもするような風情(ふぜい)だ。

黒田が谷口に言った。

「車を出せ」

「どこに行くんです？」

「どこでもいい。適当に走らせろ」

谷口は車を発進させた。そのまま乃木坂を赤坂(あかさか)方面に進む。

黒田が言った。

「昨日の話だ。俺たちが何を調べているのか知っていると言っていたな？」

「すべてを知っているわけじゃありませんよ。ガソリンスタンドのオヤジさんは、道を挟んで向かい側にあったマンションで自殺した学生のことを訊かれたと言っていました。知っているのはそれだけです」

「そんなはずはないな」

「えー。それってどういうことですか」

「あんたのことだ。そのオヤジさんとやらから話を聞きっぱなしということはないだろう。何か調べたはずだ」

布施は何も言わない。谷口はルームミラーで布施の顔を見た。彼はほほえんでいた。

「そりゃ、記者だから調べますよ」

「何をどこまで知ってるんだ？」

「オヤジさんは、その学生のイベントサークルがどうのと言ってました。オヤジさん自身は何のことかわかっていないようでしたがね、俺はぴんときました」

谷口は、布施が駆け引きも何もなしに、黒田に訊かれたことを話しだしたので、意外に思った。

黒田がさらに尋ねた。

「何がぴんときたんだ？」

「俺、最近、よく藤巻清治さんと飲みに行くんです。そして、彼がかつてＳＳというイベントサークルの主宰者だったと、本人から聞きました」

谷口は驚いた。

そんな偶然はあり得るだろうか。

黒田も絶句していた。

8

黒田が言った。

「藤巻清治って、あの藤巻か？　最近顔が売れてきている……」

「そう」

「彼がＳＳの主宰者だったって？　そんな話は聞いたことがないぞ」

「二十年前は、それを知っていたマスコミ関係者はけっこういたと思いますよ。イベントサークルと二件の自殺なんて、けっこうおいしいネタですからね」

「そんな報道があれば、記憶に残っているはずだ」

「報道はされませんでしたよ。二件の自殺とＳＳの活動の関連は証明されませんでしたからね」

証明されないまでも、担当者はＳＳのことを調べたのではないか。だとしたら、当然、主宰者が藤巻だったことも知っていたかもしれない。

池田管理官は知っていたのだろうか……。

黒田が布施に尋ねる。

「それで……？」

「それでって、それだけですよ」

「最近、藤巻と飲みに行くと言ったな。何かを探るためなのか？」

「まさか。深夜の六本木で知り合っただけですよ」

「俺たちが二十年前の自殺の件を捜査しはじめるのを、まるで見越したように藤巻と知り合っていたというのか。そいつはあまりに都合がいいじゃないか」

「都合がいいとか言われてもねえ……」

「どうやって知り合ったんだ」

「向こうから声をかけてきたんですよ」

「声をかけてきた？」

「そう。俺が『ニュースイレブン』の記者だって、誰かに聞いたらしくて……」

「テレビ局の記者に興味があったということか？」

「いやあ、俺に興味があったわけじゃないと思いますよ」

「じゃあ、どうして声をかけたんだ？」

「俺にじゃなくて、香山さんに興味があったんじゃないかと思います」

「へえ。意外とミーハーなんだな」

「ミーハーってのとはちょっと違うなあ」

「違う？」

「ミーハーっていうのは、手の届かない人に夢中になることでしょう？　でも、藤巻さんは違う」

「どういうふうに」

「あの人は、ほしいと思ったものは必ず手に入れようとするんですよ。興味を持ったら、それだけで済ましたりはしないんです」

「それは、香山恵理子をどうにかするという意味なのか？」

「秘書か広報担当にほしいと言ってましたね」

「まさか……。彼女は番組の顔……」

そこまで言って、黒田は、はっとしたように間を置いた。「そういえば、『ニュースイレブン』が打ち切りになるっていう噂があったな」

布施がこたえた。

「あくまでも噂ですけどね」

「藤巻はその噂を知っていたんだろうか……」

「もちろん知っていたでしょう。俺、彼から聞いたんですから」

「それで、あんたは、二十年前の自殺のことは調べているのか？」

「いや、調べてないですよ」

「本当か？」

「でも、これから調べることになっています。香山さんが乗り気なんで……」

何でも平気でしゃべっちゃうんだな……。

谷口は、あきれるのを通り越してもはや感心していた。

きっとこれまで数々のスクープをものにしてきたという自信があるのだろう。自信のない者ほど隠し事をしたがるものだ。

「これから調べる、か……」

黒田が言った。「俺から何か聞き出そうとはしないのか？」

「質問したって、どうせこたえてくれないでしょう」

「そのとおりだ」

「じゃあ、訊くだけ時間の無駄です」

これは駆け引きではない。きっと本気で言っているのだ。谷口はそう思った。

「一つだけ言っておく。不用意にSSの名前を出さないでくれ」

黒田に言われて、布施はこたえた。

「もちろん出しませんよ。自殺との関連は証明されませんでした。だから、今何か言ってもすべて臆測になります。臆測を報道するわけにはいきませんし、他社には知られたくないですから……」

「わかった。降ろしてほしいところを言ってくれ。そこまで送る」

「ここでいいです」

「会社とか自宅とか、どこでもいいんだぞ」

「ちょうど、このあたりに来ようと思ってたんです」

赤坂の山王下を右折し、溜池を通り過ぎ、もうじき虎ノ門の交差点だ。適当に走れと言われたら、どうしても土地鑑のある警視庁方面に向かってしまう。

「虎ノ門でいいのか？」

黒田の問いに布施は「はい」とこたえた。

谷口は虎ノ門交差点の手前で車を停めた。歩道側の座席に黒田がいるので、先に彼が降りた。布施が降りると、黒田は再び助手席にやってきた。

布施が溜池方面に向かって歩きだす。

ルームミラーでそれを見た谷口は言った。

「どこに行くんでしょうね」

「さあな」

黒田が言った。「このあたりに用があるなんて嘘だろう。ただ車を降りたかっただけなんだ」

「車を降りたかった?」

「これ以上質問をされたくなかったんじゃないのか」

「何も気にせずに、ぺらぺらしゃべっていたようでしたが……」

「そういうふうに見せかけているだけだ」

「じゃあ、自殺について まだ調べていないというのは嘘ですかね」

「そいつは嘘じゃないかもしれないが、あいつのことだから、何か考えているはずだ」

「あの……」

谷口は考えながら言った。「藤巻清治のことですが……」

「何だ?」

「彼は今の総理と親しいという話がありますよね。つまり、内閣に近しいということになるんじゃないですか」

「俺もそれを考えていたんだ」

「池田管理官が忖度した相手かもしれないということですね」

「可能性はあるな。さらに、だ……」

「さらに?」

「二課の多岐川がターゲットにしているのが藤巻かもしれない」

「あ……」

それも充分にあり得る話だと、谷口は思った。

「だが……」

黒田がぴしゃりと言った。「いずれにしろ臆測に過ぎない。他言は無用だぞ」

「はい、わかりました。それで、これからどこに行きますか？」

「ガソリンは入っているか？」

谷口はメーターを見た。

「まだだいじょうぶですが……」

「早めに給油しておくか。龍土町のガソリンスタンドに向かってくれ」

「了解しました」


ガソリンスタンドに着いたのは、午後三時過ぎだった。給油をしている最中に、黒田が従業員に尋ねた。

「オヤジさんはいる？」

「あ、中にいると思いますが……」

「ちょっと話を訊きたいんだけど、車駐めてていいかな？」

従業員はちょっと怪訝そうな顔をする。明らかに警戒していた。黒田を怪しい人物だと思ったのかもしれない。

黒田は警察手帳を出した。

「昨日も来たんだけど、訊き忘れたことがあってね」

従業員は敷地の端を指差した。

「あそこに駐めてください」

給油が終わると、谷口は指定された場所に車を移動した。黒田と連れだって建物の中に入ると、カウンターの中にオヤジさんがいた。

黒田が声をかけた。

「ちょっといいですか？」

「あれ、刑事さんだよね。何だい？」

「俺たちが来たことを布施に知らせましたね」

オヤジさんは、にやりと笑った。

「おや、さすが警察だね。ああ、知らせたよ。布施ちゃんの役に立とうと思ってね」

「俺たちも布施とは親しいんですよ」

「そうかい」

「布施に何を話したのか、教えてくれませんか？」

「何って……。あんたらが訪ねてきたことを話したんだよ。昔向かいにあったマンションで起きた自殺のことを訊いていったって……」

「それで……？」

「それでって、それだけだよ」

「布施は何か質問したでしょう？」

「いいや。何も」

「本当ですか？」

「布施ちゃんはね、気を使ってくれるんだよ。俺が余計なことをしゃべらないように、何も訊かないでくれるんだ。だから、こっちから知らせたくなるわけだ」

「なるほど……。なぜ自殺したかについては何も話さなかったわけですね」

「話すもなにも……。昨日も言ったように、俺は何も知らないからね」

「当時、噂か何かを聞きませんでしたか？」

「噂……？」

「自殺した学生に関する噂です」

「なんであんなマンションに、学生が住んでるんだろうって話、仕事仲間としてたよなあ……」

「なんでだと思いました？」

「イベントサークルとかの経営者だったんだろう。そんなことを言っているやつがいたよ。経営者とはいわねえか……。何だろうな、主宰者っていうのかい？」

「主宰者だったんですか？」

「知らないよ。そうだったんじゃないの。俺は話を聞いただけだったから……」

布施によると、ＳＳの主宰者は藤巻清治のはずだ。自殺した春日井伸之ではない。

噂というのはそんなものだろうと、谷口は思った。人々の間で、正確な事実が伝わるとは限らない。

むしろ、話が大げさになったり、不正確な事柄が伝わっていくことのほうが多いのではないだろうか。

黒田はさらに質問した。

「そのイベントサークルの名前を知ってますか？」

「知らないよ。名前までは聞かなかったと思う。聞いたとしても、覚えていない」

「そうですか……」

黒田は言った。「お忙しいところ、お邪魔しました。もし、何か思い出すことがあったらご一報いただけますか」

そして、名刺を差し出した。それを受け取ったオヤジさんは言った。

「へえ、刑事さんも名刺を渡すんですね」

「そりゃそうです。そうそう、お名前をうかがっておかなきゃ……」

「みんな、オヤジさんとしか呼ばないけどね。河本ってんだ。河本良治。サンズイのかわもとって書いてこうもとだ」

「わかりました。ご協力ありがとうございました」

谷口と黒田は、車に乗り込んだ。

谷口は黒田に尋ねた。

「次はどこに行きます？」

黒田は考え込みながら言った。

「藤巻清治に話を聞きにいってみるか……」

谷口は驚いた。

「いきなりですか？」

「彼が本当にＳＳの主宰者だったとしたら、自殺について何か知っているだろう」

「まず、相談したほうがいいんじゃないですか？」

「相談？　誰にだ」

「二課の多岐川さんとか……」

「なんで、多岐川に相談しなきゃならないんだ」

「もし、彼の本丸が藤巻清治だとしたら、勝手に話を聞きにいったりしたらまずいでしょう」

「別に藤巻に話を聞きにいったら困るとか言われているわけじゃないだろう。第一俺は、多岐川から藤巻の名前を聞いてはいないんだ」

「それはそうですが……。池田管理官にも一言相談したほうが……。ＳＳの名前を外部に洩らすなという言葉が、もし藤巻清治を意識したものだとしたら、直接訪ねていくのはもっとまずいでしょう」

「それは臆測に過ぎないという話をしただろう」

「臆測ですが、蓋然性は高いと思います」

黒田はむっつりと考え込んだ。

ここは譲れないと谷口は思った。このまま藤巻清治に直当たりするのはあまりに危険だ。

やがて黒田が言った。

「今会いにいっても警戒されるだけか……」

「自殺のことなんて知らないと言われたら終わりです。かつての捜査で、自殺とＳＳの関連は証明されなかったわけですから……」

黒田は谷口のほうを見て言った。

「おまえ、なかなか頭が回るようになったじゃないか」

どうこたえていいかわからなかったので、谷口は黙っていた。

黒田が言った。

「ちょっと待ってろ。多岐川に電話してみるから……」

「はい」

黒田は電話を取り出した。多岐川と話をしているようだ。電話を切ると、彼は言った。

「虎ノ門の交差点を左折して、警視庁の脇に付けてくれ」

「了解しました」

谷口は言われたとおりにした。

警視庁脇の路上に車を停めた。黒田が何も言わないので、谷口は尋ねた。

「多岐川さんを待っているんですか？」

「ああ。すぐに来ると言っていた」

それから約十五分後、多岐川が車に近づいてきた。

後部座席に乗り込んだ彼は言った。

「車に呼び出すなんて、どういうことだ？」

助手席の黒田が上半身をひねって後方を向くと言った。

「言われたとおり、いろいろと調べているんだ。その報告をしようと思ってな」

「そいつはありがたいが、報告なら庁内でしてくれればいい」

「他に洩らしたくない話もあってな……」

「洩らしたくない話……？」

「SSの集金システムと自殺の関連を洗い直したいという話だったな」

「ああ。そう考えている」

「それが、政治資金規正法や贈収賄につながるかもしれないと……」

「そうだ」

「本丸は、藤巻清治か?」

単刀直入だ。多岐川は驚いたのか、返事をしなかった。

黒田がさらに尋ねる。

「何も言わないということは、図星だったということだな」

「図星というか……。今のところは、俺がそう睨んでいるというだけなんだ。捜査一課が調べれば、いずれは藤巻に行き着くとは思っていた。だが、こんなに早いとは思わなかった」

「俺たちは優秀なんだよ」

「わかってるさ。だから頼んだんだ。それで、春日井の自殺と藤巻は何か関係があるのか?」

「焦るなよ。俺たちだって、まだそこまではつかんじゃいない。SSの主宰者が藤巻だったと知っただけだ」

「最近、藤巻はインターネット上のカリスマとなりつつある。そうなると、当然過去を調べるやつも出はじめる。特に、ネットの住人たちはそういうのが好きだからな」

黒田がうなずいて言った。

「せっかく警察が秘匿(ひとく)している被疑者の氏名や住所をネット上にさらしたりするよな」

「だが、藤巻がSSの主宰者だったという事実は、不思議なくらいネット上の話題になっていない。誰かが巧妙にそれをつぶして歩いているとしか思えない」

「藤巻の周辺の連中がやっていると……」

「ネットの申し子である藤巻なら、それが可能だろう」

それも、SSがらみで彼の名前がマスコミに出なかった一因に違いない。

黒田が言った。

「自殺の件を洗い直すのはいいが、外部にSSの名前が洩れないように気をつけろ。池田管理官にそう言われた」

「それだよ」

多岐川が言った。「だから二課でも、これを事件にしたがらないんだ」

「藤巻への忖度か」

「そういうことだな」

「総理と仲がいいとか言っても、たかがIT企業の社長だろう。何をそんなに恐れているんだ？」

「俺にもわからない。それも含めて調べてくれるとありがたいんだが……」

なんだか、ずいぶんと都合がいい話だな。おそらく黒田もそんなふうに考えているに違いない。谷口はそう思ったので、次の黒田の言葉が意外だった。

「面白いじゃないか。まあ、任せてくれよ」

9

今日はよく晴れているが、猛烈な寒さだった。日本列島がすっぽりと寒気に包まれている。

朝から、ニュースやワイドショーでその寒さの話題を取り上げていた。日本海側では雪が降り積もり、北海道では発達したオホーツク海の低気圧のせいで大荒れの天気となっていた。

鳩村は午前十時頃に報道局にやってきた。当番でない日は、新聞を数紙熟読したり、各局のニュースを眺めたりして、世の中の動きを把握する。そうして、次回のオンエアのイメージを固めていくのだ。

明日は、雪害について報じなければならないな……。

鳩村はそんなことを考えていた。

政局は相変わらず落ち着いている。来週の月曜日、すなわち一月二十七日から通常国会が始まるが、今は嵐の前の静けさというところか……。

政治部からも大きな話題は来ていない。正月気分が抜けないわけではないだろうが、まだ、世の中が本格的に動きだしていないという感じもする。

だから皆、余計なことに気を取られるのだ。

鳩村に言わせれば、藤巻清治の話題など余計なことなのだ。彼はネット社会の寵児だ。財力もあり、発言力もある。

昔、財力と発言力は一致するとは限らなかった。大金持ちでも、社会的な影響力を持つのはなかなかたいへんだった。

ただ金持ちなだけでなく、財界でそれなりの働きをしなければならなかった。それにより政府とのパイプができ、それが発言力につながっていったわけだ。

だが、藤巻の場合は違う。彼はインターネットを駆使して大儲けをし、ネット上でさかんに発言をする。

ツイッターだけでなく、ブログもあれば、他のSNSも駆使している。その内容は、芸能界や音楽の軽い話題から、政治に至るまで幅広い。

そして、かなり思い切った発言が目立つ。それが、賛否両論の反応を呼ぶ。反論であっても、それがある程度のボリュームになれば、ネット上で注目を集める。

いわゆる「炎上」というやつだ。ネットの常連によると、「炎上してナンボ」という考え方もあるそうだ。注目されないと意味がないらしい。

藤巻は注目されている。大金持ちだということも含めて、その言動が人々の関心を引くのだ。

フィクサーになりたいという発言も、いろいろなところで取り沙汰されはじめているようだ。

本人はどんな気持ちで言っているのだろう。冗談半分なのだと思いたい。若者にそれなりの影響力がある人物が、時代を逆戻りさせるようなことを言ってはいけないと、鳩村は思う。

余計なことだと言いながら、いつしか自分も藤巻清治のことを考えていることに気づいた。鳩村は彼のことを頭の中から追い出そうとした。

そのとき、内線電話が鳴った。受付からだった。

「はい。鳩村」

「『ニュースイレブン』のどなたかに会いたいというお客様がおいでですが……」

鳩村は怪訝に思った。受付がそんな一般人を取り次ぐはずがない。

「どういう人だ？」

「藤巻清治様です」

鳩村は仰天した。今の今まで彼のことを考えていたのだ。

「本当に藤巻清治なんだな？」

「そうです」

こんな偶然があるものなのか……。

鳩村は言った。

「私が会おう。報道局にいる。お通ししてくれ」

しばらく待っていると、ジーパンに赤いダウンジャケットという恰好の男がやってきた。ダウンジャケットの中には、黒いセーターを着ている。

会ったことはないが、それが藤巻清治本人であることは、すぐにわかった。

鳩村は立ち上がって言った。

「『ニュースイレブン』のデスクをやっています、鳩村と言います」

鳩村は名刺を取り出した。

藤巻はしばらくたたずみ、鳩村の顔と名刺を交互に見ていた。やがて、名刺を受け取ると、言った。

「申し訳ないけど、俺はあまり名刺を持ち歩かないんだよ」

いきなりタメ口か……。

鳩村はそう思いながら、来客用のソファを勧めた。彼がそこに座ると、鳩村もテーブルに向かって座った。藤巻はダウンジャケットを脱ごうともしなかった。

「『ニュースイレブン』の誰かに会いたいと、受付でおっしゃったようですが……」

「ああ……。布施ちゃんって、おたくの記者でしょう?」

「布施に何かクレームでしょうか?　あいつは何かと問題の多いやつでして……」

藤巻は顔をしかめて手を振った。

「そうじゃないよ。彼とはいつも楽しく飲んでいるよ。もしかすると、布施ちゃんがいるんじゃないかと思って来てみたんだけど……」

「何もわざわざいらっしゃらなくても、夜の六本木でお会いになっているのでしょう?」

「彼の昼間の顔も見てみたいと思ったんだよ。ちょっと時間が空いたんで、足を運んでみたんだ」

鳩村は困惑した。

「ご用件はそれだけですか?」

「いや、単刀直入に質問しようと思ってね」

「質問?　何をですか?」

「『ニュースイレブン』がなくなったら、香山さんはどうなるかと思って……」

鳩村は少々むっとした気分になった。番組のデスクを目の前にして、打ち切りの話をするのか……。

「彼女は局アナじゃないんです。外部のプロダクションに所属しているので、もし、そうなったときのことは我々にはわかりませんね」

藤巻は笑みを洩らした。

「それが確認できればいいんだ」

彼はいきなり立ち上がった。

「それじゃあ、失礼」

彼は報道局を出ていった。

鳩村は座ったままきょとんとしていた。彼はいったい何をしにここに来たのだろう。

不思議な人物だと思った。

大物の威圧感はない。かといって、明らかに小物とは違っている。本物の自信を持っている人物は虚仮威しの必要がないのだ。だから、自然体でも存在感があるのだろう。

鳩村は、携帯電話を取り出し、布施に電話していた。なぜそうしたか、自分でもわからない。

呼び出し音が七回鳴った。出ないのか。記者のくせに……。

電話を切ろうかと思ったとき、ようやくつながった。

「はい、布施……」

明らかに寝起きの声だ。

「なんだ？　寝てたのか？」

「ええ。まだ午前中でしょう？」

「健全な一般人は、もう働いている」

「放送記者が健全な一般人かどうか、けっこう疑問ですよね」

「今、藤巻清治が局にやってきた」

「そうですか」

鳩村はこの反応にあきれた。

「そうですかって……、それだけか？」

「他に何か言いようがありますか？」

「もう少し驚くかと思ったんだ」

「あの人は、行きたいときに行きたいところに行くんです。どこに現れようと驚きませんよ」

「おまえに会えるんじゃないかと思って来たと言っていた」

「ああ……。いつでも会いに来ていいって言ってあったんで……」

「いつでも会いに来ていいって……、おまえ、ほとんど局にはいないじゃないか」

「それを伝えるのを忘れていました。自宅に会いに来いとは言えないでしょう。そういうとき、職場って便利ですよね」

「来たと思ったら、すぐに帰ってしまった」

「それも、藤巻さんらしいですね。あの人、無駄なことは一切しないんです」

「俺と話をするのが無駄なことだと言うのか？」

「そうじゃないですよ。必要な会話はしたと思いますよ。彼はどんな話をしたんです？」

「『ニュースイレブン』がなくなったら、香山君はどうするだろうと、俺に訊いた」

「それで、どうこたえたんです？」

「彼女は外部プロダクション所属のフリーキャスターだから、もし番組がなくなったら、その後のことは我々にはわからない。そうこたえた」

「藤巻さんはまさに、そのこたえが聞きたかったんじゃないですか？」

「どういうことだ？」

「香山さんを自分の会社に引き抜きたがってるって話、しましたよね」

「まさか、本気だとは思わなかった」

「あの人が言うことは、すべて本気ですよ。そして、何が何でも実現させようとします」

「でも、香山君のことは無理だろう」

「どうして無理なんです？」

「『ニュースイレブン』の打ち切りが決まったわけじゃない。それに、本人の意向もあるだろう。これまでフリーのアナウンサーとしてメディアに出てきた彼女が、一般企業の秘書や広報係をやりたがるとは思わない」

「藤巻さんは、あの手この手で攻めて、その気にさせると思いますよ。もし、香山さんがメディアにこだわるなら、そのために藤巻さんがテレビ番組を作っちゃうかもしれません」

　鳩村はしばらく考えてから言った。

「まあ、香山君のことは、俺たちにどうこう言えることじゃない。藤巻の発言は常に本気だと言ったな？」

「ええ」

「じゃあ、フィクサー云々（うんぬん）の発言も本気なのか？」

「本気だと思いますよ。彼は、そのために必要なことを着々と進めているのだと思います。香山さんの件もその一環じゃないですか？」

「香山君のことが？」

「そうです。ただ香山さんが気に入ったのでそばに置きたいというだけじゃないと思います。彼は、香山さんの人気を利用して人脈を広げようとしているのでしょう。香山さんのファンは、政財界の中にも多いと聞いていますから」

「首相と親しいという噂だが、それも本当なのか？」

「携帯電話でいつでも話ができる間柄らしいです」

「それで、おまえの取材のほうはどうなんだ？　この時間まで寝ているということは、ほとんど進んでいないのだろうな」

「SSにいたという人を見つけて、実は深夜に会っていたんですよ」

「何者だ？」

「六本木でスナックやってるんです。スナックのママさんです」

「やっぱり夜の六本木か……」

「ええ。SSの活動の多くは六本木で開かれましたからね。六本木から離れられなくなった会員もいるんですよ」

「よく見つけたな」

「SSは大きな組織で会員もたくさんいましたから、元会員を見つけるのはそれほど難しくはないです」

「それで、何か聞き出せたのか？」

「そういうのは、これからですよ。まず人間関係を構築しないと……」

「つまり、スナックに通い詰めて親しくなるってことか？」

「通い詰める必要はないです。今夜また顔を出せば、いろいろな話が聞けると思います」

鳩村はしばらく考えてから言った。

「俺も行っていいか？」

布施は訝るかと思ったら、意外にもあっさりと言った。

「いいですよ。飲みに行きましょう。香山さんも誘おうかと思っていたんで……」

「何時にどこだ？」

「芋洗坂（いもあらいざか）に面したビルにある『ハーフムーン』というスナックなんです。住所は六本木六丁目……」

「わかった」

「開店するのは八時半頃ですから、行く前に夕飯を食べませんか？」

「奢（おご）れと言うんだろう」

「ええ」

あまりにあっさりと言われると腹も立たない。

「わかった。香山君にはおまえから連絡を取っておいてくれ」

「了解です」

鳩村は電話を切った。

そして、ノートパソコンを引き寄せると、藤巻清治について検索してみた。さすがに、ヒット数が多い。

基本的なことを知ろうと、ウィキペディアを開いてみる。「日本の実業家。株式会社セットフリーの代表取締役」とある。出身地や生年月日などとともに、これまでの経歴が書かれているが、SSについては書かれていない。

セットフリーは、もともとインターネット金融の会社だった。規制緩和を機に保険業にも乗り出した。言わば、ネット上の総合金融だ。

ITバブル崩壊後も業績を伸ばし、M&Aを重ねて巨大な複合企業に成長した。今では一部上場を果たし、藤巻の資産は推定で約一千億から二千億円と言われている。

こんな額を見ても、鳩村にはぴんとこない。

他のウェブサイトを覗いてみると、現在でも複数の業種に常に興味を示し、事業拡大を進めている。

メディアにも興味を持っており、いずれは放送局への経営参入を目論(もくろ)んでいるという記事もあった。

放送業界に興味を持っているということが、香山恵理子の引き抜きと何か関係がありそうだと、鳩村は思った。香山恵理子のために番組を作るかもしれないと布施が言っていたが、それがあながちあり得ないことではないような気がした。

鳩村は、無視しようとしながら、いつしか自分が藤巻やSSに興味を引かれつつあることに気づいた。

　俺は布施の計略にまんまと乗せられているのかもしれない。

　そんなことを思いながら、鳩村はノートパソコンを閉じた。


　谷口は黒田とともに、午後四時過ぎに、警視庁本部に戻った。

　黒田が管理官席に向かったので、谷口は黙ってそれについていった。

「今、ちょっとよろしいですか？」

　黒田がそう声をかけると、池田管理官が顔を向けた。

「何だ？」

「藤巻清治がSSの主宰者だったということは、ご存じでしたか？」

　池田管理官はしばらく無言だったが、やがて言った。

「知っている。それがどうかしたか？」

「SSの名前を出さないように注意しながら捜査しろと言われました」

「ああ」

「それは藤巻清治と何か関係があるのでしょうか？」

　池田管理官が急に不機嫌そうな顔になった。

「俺はただ、臆測が世間に広まることがないように気をつけろと言っただけだ」

「もちろんそれは承知しております」

「藤巻の名前を告げなかったことを、責めているのか？」

「責めるなんてとんでもない。ただ、確認しておこうと思っただけです」

「確認……？　何の確認だ？」

「捜査が進めば、いずれ藤巻清治も調べなければならなくなります」

「必要ならやればいい。ただし……」

「ただし……？」

「相手の名誉を毀損するようなことがないように、充分に気をつけてくれ」

「被疑者に名誉もへったくれもありませんよ」

池田管理官が身を乗り出し、声を落とした。

「俺だってこんなことは言いたくない。だが、上のほうではいろいろなことを気にする向きもある」

「いろいろなこと……？」

「管理官なんてな、典型的な中間管理職なんだ。そういじめるな」

「地雷は知っておかなければなりません。でないと、うっかり踏んでしまうかもしれない」

池田管理官はしばらく考えていた。やがて彼は言った。

「藤巻の将来について、懸念する声がある」

「将来……？」

「最近の彼のネット上での発言を知っているか？」

「さあ……。そういうのはあまり興味がないもので……」

谷口は知っていたが、ここは黙っているべきだと思った。

「彼はフィクサーになりたいと発言しているんだ」

黒田が鼻で笑った。

「ふざけたやつですね。今どき何がフィクサーですか。戦後の混乱期じゃあるまいし」

「多くの人はそう思っている。だが、本人を含めある程度の人々がかなり本気なわけだ」

「ある程度の人々……？」

「政財界の連中。特に与党の連中だ。その中に首相も含まれていると言われている」

「首相が……？」

「首相はそろそろ引退の時期だ。そして次期首相を自分の派閥から出したいと考えている。そうすれば、依然として強い発言力を持ちつづけることができる」

「年寄りはおとなしくしていてほしいですね」

「政治家の世界ではそうもいかないんだ。そして、派閥から首相を出すとなると、自分が首相である今よりも、さらに盤石（ばんじゃく）な組織や後ろ盾が必要になってくる」

黒田は言った。

「ははあ。それでフィクサーというわけですか」

「知ってのとおり、フィクサーなどすでに過去のものだ。だが、藤巻は新しい時代のフィクサーになる可能性を秘めている」

「警察内にもそんなことを気にするやつがいるなんて、信じられません」

「キャリアは官僚だよ」

キャリアの警視長だとか警視監などという連中の誰かが、首相やその周辺に忖度した。そして、警察内の誰かが、そのキャリアたちに忖度した。そしてまた、池田管理官もその上司の誰かを忖度しなければならなかったということか……。

谷口はそんなことを想像していた。

やがて黒田が言った。

「もう一つだけ、うかがいたいことが……」

「何だ？」

「春日井の自殺について、いろいろな人に話をお聞きになりましたよね」

「ああ、もちろんだ」

「SSの会員からも話を聞きましたよね。SSの元会員で連絡が取れそうな人をご存じありませんか？」

池田管理官は、しばらく考えてからこたえた。

「すぐには思い出せない。調べておく」

「お願いします」

そう言って黒田が礼をしたので、谷口も慌てて頭を下げた。

10

席に戻ると、黒田が谷口に言った。

「なんとかSSにつながる伝手(つて)を見つけたいな」

「池田管理官が調べてくれるんじゃないんですか?」

「管理官は忙しいからな。SSの件が、どの程度優先度が高いのかわからない。別ルートでも調べておいたほうがいい」

「なにせ自殺は二十年前のことでしょう? その頃のメンバーはもう四十過ぎですよね。それぞれの社会生活を送っているでしょうから、見つけ出すのはたいへんじゃないですか?」

「たいへんだろうが何だろうが、やらなきゃならないんだよ」

「闇雲に歩き回っても、元会員が見つかるとは思えません。何か手がかりがないと……」

「しょうがねえな……」

黒田は顔をしかめた。「不本意だが、また布施に訊いてみようか」

「記者にですか？　それはどうでしょう。周囲の眼もありますし……」

「周囲の眼なんてどうでもいい。おまえには布施以外に何か思いつくことはあるか？」

　谷口はあれこれ考えてから言った。

「今はまだありませんが……」

「じゃあ、布施に会うしかない。今夜も『かめ吉』で夕飯を食おう」

「捜査車両はどうします？」

「帰宅するまで何があるかわからない。まだ借りておいてくれ」

「了解しました」

　それにしても、また布施か。

　これは記者との癒着ではないか。谷口はそんなことを思ったが、布施が他の記者と違っていることも確かだ。

　彼が黒田や谷口から何かを聞き出そうとすることは滅多にない。他の記者は、刑事からなんとかネタを引き出そうとする。

　布施はまったく無欲に見える。あれで記者が務まるのだろうかと、心配にさえなる。だが、実際にはこれまでにスクープをいくつも取ってきているのだという。

　無欲の勝利というのだろうか。いや、そうではないだろう。きっと、布施なりのやり方があるのだろう。

他人と同じことをやっていてはスクープをものにすることなどできないだろう。その布施独特の仕事の仕方が、おそらく我々には奇異に見えるだけなのだと、谷口は思った。

不意に黒田が言った。

「こういうときこそ、ネットだよなあ」

谷口は聞き返した。

「え、何です？」

「SSの関係者だよ。実社会では今のところ手がかりがない。だが、SNSとかネット検索で、何か手がかりが見つかるんじゃないか」

谷口は、すぐにパソコンを開いた。

「検索かけてみます」

いろいろな項目がヒットする。谷口はつぶやいた。

「へえ……、SSって、NATOのコードネームで地対地ミサイルのことなんですね……。潜水艦のこともSSって言うんだ……。サブマリンシップの略か……。野球のショートのこともSSって言うんですね。これはショートストップの略です。そして、有名なナチスの親衛隊……」

黒田が言う。

「そういうのはいいんだよ。イベントサークルのSSに的を絞れ」

谷口は言われたとおりに、ターゲットを絞っていったが、構成メンバーなどについて書かれている項目はなかった。

「個人情報にうるさくなりましたから、メンバーの氏名などが載っている項目はありませんね」

「だめか……」

「SNSで検索かけてみます。誰かが自分のプロフィールとかメッセージにSSのことを書いているかもしれません」

谷口は「ダメ元」でやってみた。すると一件、引っかかった。

「ありましたよ。SSのパーティーに出たことがあるという書き込みが。プロフィールを見てみます」

「何者だ？」

「芦沢満（あしざわみつる）、四十二歳。会社員ですね。独身のようです」

「住所は？」

「プロフィールには、世田谷区（せたがや）としか書いてませんね」

「所轄署に連絡して調べてもらえ。免許証や巡回連絡カードの記録があるかもしれない」

「はい」

谷口はすぐに連絡をした。

受付から地域課に電話が回され、そこの係員が「折り返し電話をする」という。

返事が来たのは、三十分後のことだった。免許証の記録があったという。住所は世田谷区深沢一丁目。

「行ってみよう」

黒田が立ち上がった。


深沢のあたりは高級住宅街だ。一戸建てが建ち並び、それぞれの家には広い庭もある。芦沢満の自宅はそうした一軒家の一つだった。

谷口は門の前に車を停めて言った。

「ここですね。立派な一戸建てだなあ……」

黒田が言った。

「独身だということだから、両親と同居とかじゃないのか?」

「どうでしょう」

「とにかく訪ねてみよう」

門の外にあるインターホンのボタンを押した。チャイムが鳴り、しばらくすると返事があった。

「はい」

　年配の女性の声だ。

「警視庁の谷口と言います。芦沢満さんにお話をうかがいたいのですが……」

「警視庁……」

　怪訝そうな声になった。「ちょっとお待ちください」

　それからしばらくして、玄関のドアが開き五十代半ばの女性が門のところまでやってきた。

「あの……。どういうことでしょう？」

　その質問には黒田がこたえた。

「過去の出来事について、ちょっとうかがいたいことがあったんです。芦沢満さんに何か疑いがかかっているわけではありません」

「過去の出来事……？」

「失礼ですが、ご家族の方ですか？」

「いえ、私は家政婦です」

「家政婦……」

「はい。芦沢さんのご家族は千葉にお住まいです」

「そうですか。あなたのお名前をお聞かせいただけますか」

「多賀弘枝といいます」

黒田がどんな字を書くか質問し、谷口がそれを記録した。

「この家は芦沢満さんの持ち物なのですか？」

「そうです。お一人でお住まいです」

谷口は意外に思っていた。黒田が言ったとおり、てっきり両親と同居しているものと思っていたのだ。何事も思い込みは禁物ということだ。

黒田が尋ねた。

「芦沢さんはご在宅ですか？」

「まだ会社から帰っておりません。連絡してみましょうか？」

「お願いします」

彼女は玄関のほうに戻りかけた。そして、気づいたように振り向いて「どうぞ、お入りください」と言った。

多賀弘枝のあとについて玄関まで進んだ。彼女は奥で電話をかけるようだ。その間、谷口と黒田は玄関に立って待っていた。

やがて、多賀弘枝が戻ってきて告げた。

「これからすぐに会社を出ると言っています。四十分ほどで戻ると思います」

「会社はどこですか？」

「渋谷（しぶや）にあります。お待ちになりますか？」

　黒田がこたえた。

「そうさせていただけますか？」

「では、どうぞお上がりください」

「失礼します」

　二人はリビングルームに案内され、ソファに座るように言われた。多賀弘枝は台所でお茶の用意をしている様子だ。

　黒田が言った。

「あ、どうぞお構いなく」

　台所からは返事はなかった。しばらくして、日本茶が出された。黒田が礼を言って茶碗に手を伸ばした。

　一口すると、彼は多賀弘枝に尋ねた。

「ここで働かれて長いのですか？」

「そうですね……。三年ほどになりますか……」

「三年前には、すでに芦沢さんはこの家をお持ちだったということですね？」

「売りに出ていたのを買われたということです。水回りなどを少しリフォームされたようですね」

「芦沢さんはたしか、四十二歳でしたね。つまり、三十代でもう家を買われたということですか」

「そういうことはご本人にお訊きになってください。私は詳しいことは存じませんので……」

黒田がうなずいた。

「そうします」

「では、失礼します」

多賀弘枝は礼をしてから台所のほうに引っ込んでしまった。刑事とは話をしたくないのだろうと、谷口は思った。

警察官にあれこれ訊かれるのは、決して愉快なものではないはずだ。

黒田は部屋の中を見回している。調度類があまりないさっぱりとした部屋だ。床は板張りでカーペットも何もない。壁際に大きなテレビがある。

谷口は言った。

「千葉にいる親が資産家なんでしょうか……」

「どうかな……」

生返事だった。

もしかしたら、多賀弘枝が台所で耳をすましているかもしれない。だから、黒田はあまり会話をしたくないのだろう。谷口は話しかけないことにした。

それから約三十分後に玄関のほうで物音がした。台所から多賀弘枝が現れて言った。

「芦沢さんがお戻りのようです」

彼女は玄関に向かい、背広姿の男性といっしょに戻って来た。背広姿の男が言った。

「芦沢ですが、ご用件は？」

黒田は名乗り、谷口を紹介すると、言った。

「二十年ほど前の出来事について、うかがいたいと思いまして……」

芦沢はぽかんとした顔になった。

「二十年ほど前……？」

彼は、背が高くすらりとしている。さっぱりとした見かけで、決して女性に好かれなくはないだろうと、谷口は思った。こんな家を購入する財力もある。なぜ独身なのだろう……。

黒田が言った。

「はい。大学時代のサークルについて……」

すると、芦沢は多賀弘枝に言った。

「今日はもういいですよ」

多賀弘枝はこたえた。

「では、失礼します」

彼女はリビングルームから姿を消した。帰り支度をするようだ。

「まあ、お座りください」

黒田と谷口が腰を下ろすと、芦沢も背広姿のままソファに座った。

「何をお訊きになりたいのでしょう？」

「春日井伸之さんはご存じでしたか？」

「春日井……。自殺した人ですね？」

「同じイベントサークルにいらしたのでしょう？　ＳＳという名の」

「ええ。そうです。でも私は春日井さんとはあまり話をしたことがありません。春日井さんは私たちより一年上でしたし、幹部でしたから……」

「いろいろなイベントにいっしょに参加されたのでしょう？」

「そのためのサークルですからね。でも、イベント参加者はそれこそ何百人といるのですから……」

「何百人……？」

「そうです。野外の大規模なイベントなんかだと一千人を超えることもありました。それに、当時の目的は何と言っても女の子ですからね。先輩のことなんてあまり気にしませんでしたよ」

「幹部の人とは、あまりお付き合いがなかったということですか？」

「はい。私らは末端会員でしたから」

芦沢は苦笑を浮かべた。「イベントに参加するのが精一杯で、あまりいい思いをした記憶はありませんね」

「いい思いというのは……」

芦沢が、今度は別な種類の笑みを浮かべた。

「そりゃあ、若い男たちがいい思いと言ったら決まってるじゃないですか」

「女性関係ですか？」

「そういうことです」

「末端会員とおっしゃいましたね？　それはどういうことです？」

「私にはブランチがいませんでしたから……」

「ブランチ……？」

「ネズミ講なんかで言う『子』のことですね」

「SSはネズミ講だったということですか？」

「厳密に言うと違いますよ。配当なんかないですから。でも、極めてそれに近いシステムだと言えるでしょうね」

「そのシステムを説明してもらえますか？」

「会員が、誰かを勧誘してブランチにすると、彼らから会費を集め、それを上納金という形で上に納めます。ブランチを増やす、つまり上納金を増やすと、会員のステータスが上がります。ステータスによっていろいろな権限や恩恵が決まっていて、それがネズミ講で言えば配当ということになりますか……」

「なるほど……。ピラミッドの頂点にいる人には莫大な金が集まるわけですね」

「そうですね。たいへんなのは、中間にいる人たちです」

「どういうことです？」

「一度ステータスが上がったら、そこからは逆戻りできないんです。つまり、もしブランチが減ったりいなくなったりしても、上納金は変わらないということです。そうなれば、自腹を切ることになる。上納金が払えなくなって地獄を見ていた人たちもいましたね。だから、私はブランチは作らず、ただイベントに参加するだけで満足しようと思っていました」

「SSの主宰者が誰だったかご存じでしたか？」

「ええ。藤巻清治さんでしょう？」

「彼と面識は……？」

芦沢は言い淀んだ。何か言いたくないことがあるのだ。黒田がもう一度尋ねた。

「藤巻清治さんと面識はおありですか？」

芦沢が何かを諦めたような口調で言った。

「ええ。ありますよ」

おそらく警察に隠し事をしても無駄だと考えたのだろう。正しい判断だなと、谷口は思った。

黒田がさらに質問する。

「ＳＳの幹部とはあまりお付き合いがなかったとおっしゃいませんでしたか？」

「藤巻さんと知り合ったのは、ＳＳを辞めてずいぶん経ってからです。そうですね。十年くらい前のことでしょうか。向こうから電話がかかってきて……」

「向こうから電話が……？」

「財テクを始めないかと持ちかけられたのです。私はただのサラリーマンだったので、財テクなんて考えたこともありませんでした」

「それで？」

「そのとおりに言いました。すると、いくらでもいいから、俺に任せてくれと言われて……」

「任せたのですか？」

「最初はほんの百万円ほどでした。すると、藤巻さんはそれをすぐに倍にしてくれたのです」

「倍に……？」

「外貨や先物などいろいろなものを駆使したようです。景気の回復期でもあったので、うまく運用できたようですね。使う予定のない金だったので、その全額をもう一度藤巻さんに預けました。するとまたそれが大幅に増えたのです。私は藤巻さんと彼の会社を信用して、少しでも余裕ができると、どんどん増額していったのです。すると雪だるま式に金が増えていき、その結果がこの自宅です。今では、会社の給料は小遣いの感覚ですね」

「そんなうまい話があるんですかね」

芦沢は言った。

「刑事さんもセットフリーにお金を預けてみるといいですよ」

「セットフリー？」

「藤巻さんの会社です」

黒田と谷口は顔を見合わせた。それから黒田が質問を続けた。

「春日井さんの自殺の原因をご存じですか？」

「さあ……。自殺の原因なんて誰にもわからないでしょう。おそらく本人にもわからないんじゃないですか？　そういうもんでしょう」

「当時女子大生でＳＳの会員だった方が、やはり自殺されているようですが、何かご存じありませんか？」

「さあ……。そういうことは、私にはわかりませんね」

「そうですか……」

黒田は追及はしなかった。「では、他の方にもお話をうかがいたいので、SSの会員だった方の名前や連絡先を教えていただけないでしょうか」

「紹介できるような人は思い浮かびませんね。大学を卒業してから、SSの連中とはすっぱり縁を切りましたから……」

「でも、藤巻さんとはお付き合いが続いているのですね？」

「彼は別枠ですよ。SSとは関係ありません」

「一人くらい思い浮かびませんかねえ。SSの元会員……」

黒田が言うと、芦沢はしばらく考えてから言った。

「そう言えば、元会員が六本木でスナックをやっているというのを聞いたことがあります」

「何というスナックです？」

「たしか、『ハーフムーン』です」

11

布施はどんな店でもいいと言っていたのだが、香山恵理子が同席するとなれば、『かめ吉』というわけにもいくまいと、鳩村は思った。

いろいろ考えた挙げ句、六本木の芋洗坂にある鮨屋(すしや)にした。カウンターではなく、個室を予約した。テレビで顔が売れている人物と食事をするのは、何かと気を使う。

午後七時に待ち合わせをして、一番先にやってきたのが鳩村だった。次に、恵理子がやってきた。

彼女は、ジーパンにセーター、その上にダウンコートというラフな恰好だった。メイクも控えめだ。

「取材前の食事でしょう? ハンバーガーとかでも充分だったのに……」

恵理子にそう言われて、鳩村はこたえた。

「そうはいかない。人目もある」

「あら、私は気にしませんよ」

そこに布施が現れた。

「あ、俺が最後でしたか」

「こういうときは、一番下っ端の者が最初に来ていろいろ段取りするもんだぞ」

鳩村は言った。

「すいません」

すると、恵理子が言った。

「あら、一番下っ端なら私じゃないかしら」

「キャスターは別格だ」

店員が飲み物の注文を取りに来た。鳩村と恵理子はお茶を頼んだが、布施はビールだった。

鳩村は布施に言った。

「おい、これから仕事なんじゃないのか？」

「『ハーフムーン』に飲みに行くだけですよ」

「俺は取材だと思っていたんだがな」

「そんなに気負っていちゃ、向こうだって何も話しちゃくれませんよ」

「私も飲みたいけど本番前だからお茶にするわ」

つまみを何品かと、握り鮨を三人前注文した。

ふと布施を見ると、なんだか眠そうな顔をしている。鳩村は言った。

「昼頃まで寝ていたんだろう？　寝不足じゃないはずだよな」

「午前中に二度も電話で起こされましたからね」

「そのうちの一度は俺だな」

「もう一つは、黒田さんでした」

「黒田さん？　何の用だ？」

「呼び出されたんですよ。午後二時にＴＢＮの前で拾われました」

「車でどこかに行ったということか？」

「ただ赤坂から虎ノ門あたりを走り回っただけです。車の中で俺から話を聞きたかったんでしょうね」

「どんな話をしたんだ？」

「藤巻さんがＳＳの主宰者だったって言いました」

「黒田さんはそのことを知らなかったのか？」

「知らなかったみたいですね」

「そいつは意外だな……」

「藤巻さんとＳＳの関係は、ほとんど表に出ていませんからね」

「話はそれだけか？」

「二十年前の自殺の件を、これから調べるつもりだって言いましたよ」

「おまえ、手札を全部さらすのか。あきれたやつだな」

「別にそんなこと、気にしませんよ。警察がニュースを抜くわけじゃないですから」

「そりゃそうだが……」

一時間半ほどで食事を終えて、『ハーフムーン』に出かけることにした。鳩村は、これからどういうことになるのか見当もつかず、少々緊張していた。

『ハーフムーン』は鮨屋から歩いて五分もかからない場所にあった。店のドアを開けると、「いらっしゃい」という女性の声が聞こえる。カウンターとその奥にボックス席が二つだけある小さな店だ。

「あら、布施さん」

カウンターの中の女性が言った。店のママだろう。年齢はよくわからないが、藤巻清治と同世代なら、四十代のはじめだろう。だとしたら、ずいぶん若く見える。

布施が言葉を返す。

「覚えていてくれたんですね」

「当たり前よ」

「今日は、昨日話したように、香山恵理子さんをお連れしましたよ」

「あらあ、本当だ。私、ファンなのよ。こんな仕事してるから、『ニュースイレブン』

はなかなか見られないけど……」

　布施が紹介した。

「明子(あきこ)ママです」

「遠藤(えんどう)明子です」

　彼女は恵理子にそう言って名刺を出す。布施がさらに言った。

「そして、こちらが『ニュースイレブン』の鳩村デスクです」

「よろしく」

　彼女は、鳩村にも名刺を出した。鳩村も反射的に名刺を出していた。

　明子ママが言った。

「突っ立ってないで、座ってよ。奥がいい？　それともカウンター？」

　布施がこたえる。

「もちろん、カウンター」

　布施が一番奥に陣取った。その隣が恵理子、さらにその隣が鳩村だ。

　布施がウイスキーのオンザロックを注文した。

　恵理子が言った。

「私はジンジャーエールを……」

　鳩村は言った。

「ロックだと強過ぎないか？」

それに布施がこたえた。

「水割りだと、ついがぶがぶ飲んじゃって、何杯飲んだかわからなくなるんです。ロックでちびちびやったほうが量をコントロールしやすいので」

恵理子が言った。

「私もそう思う」

「酒飲みの常識ですよ」

そんなもんかと思いながら、鳩村は言った。

「私はウイスキーのソーダ割りで」

飲み物が出てくると、形式ばかりの乾杯をする。

布施が言った。

「ママも何か飲んでよ」

「じゃあ、ビールをいただくわ」

彼女は、三人と順にグラスを合わせた。

明子ママが興味深そうに、番組のことやテレビ業界のことを尋ねる。三人は、その質問にこたえた。

話題は尽きなかった。鳩村は、布施がいつになったらＳＳのことを切り出すのかと、多少苛立っていた。

時間だけが過ぎていく。鳩村は、二度お代わりをした。ふと見ると、布施のグラスの氷が融けて、ウイスキーがすっかり薄まっている。彼はまだ一杯目を飲み干していなかった。

もしかすると、布施は長期戦の構えなのかもしれない。

鳩村は、ペースを落とすことにした。

午後十時を過ぎると、別の客もやってきた。彼らはすぐに恵理子に気づいた様子だったが、無遠慮に話しかけてくるようなことはなかった。

その恵理子が言った。

「そろそろ限界ね。九時の会議も特別にパスさせてもらったし、本番があるから行くわ」

そして、彼女は店を出てＴＢＮに向かった。

十時半になろうとする頃、また出入り口が開いた。新たに客が来たのだろうと思い、そちらを見た鳩村は驚いた。

出入り口に現れたのは、黒田と谷口だった。

黒田もすぐに鳩村たちに気づいた様子で、驚いた顔になった。

黒田は布施を見て言った。

「どうしてここにいる？」

布施は平然とこたえた。

「どうしてって……。酒を飲んでるんですよ。黒田さんもここに来るんですね」

「俺は初めてだ。訊きたいことがあって来たんだ」

布施が鳩村に言った。

「そういうことらしいですよ」

明子ママが布施に尋ねる。

「こちら、布施さんのお知り合い？」

「そう。警視庁の刑事さん」

「刑事……？」

黒田が警察手帳を出して言う。

「警視庁の黒田と言います。こちらは谷口」

それから黒田が布施に言った。「記者の前じゃ仕事がやりにくい。遠慮してくれると
ありがたいんだが……」

常連客が二人いたが、彼らは何事かと、目をぱちくりさせている。

布施が鳩村に言った。

「そういうことなんで、今日は引きあげましょうか」

常連客二人も、勘定を済ませようとした。すると、明子ママが言った。

「ちょっと、後から来た客が、先客を追い出すっての？　冗談じゃないわよ。それ、営業妨害じゃない」

黒田はまったく動じない様子で言った。

「捜査に協力してほしいと言ってるだけなんですよ」

刑事はこれくらいの抗議は気にもしないのだろうと、鳩村は思った。

「実際に今、布施さんを追い出そうとしたじゃない」

「これは、客同士のやり取りではなく、刑事と記者のやり取りなんです」

「うちにとってはお客さんよ」

「じゃあ……」

黒田は奥のボックス席を指差して言った。「あちらでお話をうかがうことにしましょう」

明子ママはちらりと奥の席を見て言った。

「ここは私一人でやっているのよ。私があんなところにいたら、誰がお客さんの飲み物を作るの？」

黒田は渋い顔になった。

「ちょっとの時間ですよ」

「冗談じゃないわ。この店で話を聞きたかったら、席に座って飲み物を注文するのね。お客さんとだったら話をするわ」

　黒田が言った。

「どうしてもここでご協力いただけないとなると、警視庁に同行していただくことになりますがね……」

　明子ママが押し黙った。

　そのとき、布施が黒田に言った。警察官のこの一言はいつ何時でも効果がある。

「あ、それはだめですよ」

　黒田が布施を見る。

「何がだめなんだ？」

「警察官はたいてい、任意同行なのにまるで強制のような言い方をするじゃないですか。言われたほうは、同行を断れないような気がしちゃうでしょう」

「それが俺たちのやり方だからな」

「令状がない限り、強制的に連行することなんてできないんですからね」

　すると明子ママが言った。

「なら、私はここを絶対に動かない。営業中にやってきて、一方的に協力しろだなんて、自分のことを何様だと思ってるわけ」

黒田が苦り切った表情になった。布施がさらに言う。

「黒田さんの負けですよ。座って酒でも飲んだほうがいいですよ」

「ふん。あんたがいなけりゃ、警視庁へ同行ってことでうまくいったかもしれない」

黒田は鳩村の隣に腰を下ろした。さらに谷口がその隣に座る。

常連客の一人が言った。

「やっぱり、俺たち、引きあげるわ」

明子ママが言った。

「こんなのにびることはないのよ」

「そうは言ってもなあ……。また来るわ」

二人は勘定をして店を出ていった。

黒田は、ちらりと布施を見てから言った。

「彼と同じものを……」

谷口が言った。

「あ、自分も……」

鳩村が尋ねた。

「勤務中なのに、飲んでいいんですか?」

黒田はこたえた。

「たった今、勤務を終えた」

彼は出されたウイスキーのオンザロックを一口飲んでから、布施に言った。

「『かめ吉』に行ってみたんだ。姿が見えないと思ったら、こんなところにいたんだな」

明子ママが言う。

「こんなところってのは、ご挨拶ね」

黒田が言った。

「そういう意味で言ったんじゃない。まさかここにいるとは思ってもいなかったんでな……」

布施が言った。

「こっちこそ驚きですよ。黒田さんたちがこの店を知っているなんて……」

「芦沢満という人に聞いてきた」

それから、黒田は明子ママに尋ねた。「ご存じですか？　芦沢さんを……」

「アシザワ……？」

明子ママは、しばらく記憶をたどっている様子だった。やがて、彼女は言った。「いや、知らないわね。その人がこの店のことを、あなたに教えたというの？」

黒田がこたえた。

「ええ。芦沢さんはかつて、ＳＳの会員だったんです」

明子ママは、谷口、黒田、鳩村、そして、布施と順に顔を見て、言った。

「なるほどね……。あんたたち、SSのことが訊きたくてここに来たわけね」

鳩村は咄嗟にごまかそうと思った。下心があってやってきたことが知られるのは気まずい。

そのとき、布施があっけらかんと言った。

「そうなんだ。どうしてもSSの話が聞きたくてね……」

「布施さんは、この店のことを誰に聞いたの？」

「篠田麻衣さん」

明子ママは驚いた顔で布施を見つめた。

鳩村は、その名前は初耳だった。

黒田も谷口も聞いたことがなかった様子だ。

それまで冷ややかだった、明子ママの布施を見る眼が、にわかに穏やかになった。その眼には悲しみの色さえあると、鳩村は感じた。

篠田麻衣というのは、何者なのだろう。

鳩村は言葉を差し挟まず、布施と明子ママの会話に耳を傾けることにした。

明子ママが言った。

「そう……。麻衣ちゃんのこと、知ってるの？」

「ええ。飲みに行って知り合ったんです」

「『ライザ』ね？　麻衣ちゃんはそこでホステスやってるのよね」

「そう。店ではレイという名前ですね」

「麻衣ちゃん、その源氏名の由来を、あなたに話したのね？」

布施はうなずいた。

「つまり、麻衣ちゃんはあなたを信用したということだわ」

布施はただ肩をすくめた。

黒田がこらえきれぬ様子で布施に尋ねた。

「誰なんだ、その篠田麻衣というのは？」

布施が黒田を見て言った。

「篠田という名字を聞いて、ぴんときませんか？」

「こないな」

「春日井さんが亡くなる前に、自殺をした女子大生がいたでしょう？　それが篠田玲子(れいこ)さん」

明子ママが言った。

「麻衣ちゃんは、玲子のお兄さんの子供。つまり、玲子の姪(めい)ね」

鳩村は驚いて、布施に言った。

「ちょっと待て。おまえは、いつ頃からその篠田麻衣という人と知り合いなんだ？」

「半年くらい前ですかねえ……」

「それで、篠田玲子さんの自殺について、彼女から聞いたのは、いつのことだ？」

「三ヵ月くらい前だと思います」

「もしかして、それからSSの件を追っていたのか？」

「調べてみなくちゃ、と思っていましたね」

「藤巻清治に近づいたのも、そのためなのか？」

布施がこたえた。

「いやあ、彼と同じ店で飲んでいたら、彼のほうから近づいてきたんですよ」

「その店を調べ出して、そうするように仕向けたんじゃないのか？」

「俺、それほどマメじゃないですよ」

これが本音かどうかわからない。布施はいい加減に見えて、実は用意周到なのかもしれない。あるいは、本当にちゃらんぽらんなだけかもしれない。

付き合いは長いが、鳩村はまだ布施の正体を把握できずにいる。

明子ママが言った。

「布施さんは、藤巻と知り合いなの？」

「最近知り合ったんだ。けっこうよく飲み歩いている」

「あいつがやっていたこと、公にできるの？　だったら、私、何でも協力する」

　黒田が言った。

「春日井というＳＳの幹部が自殺したということになっています。だが、それが本当に自殺だったかどうか、調べ直そうと思っているんです」

　明子ママが黒田に言った。

「それを早く言ってよ。春日井君のこと、本当に調べてくれるのね？」

「もちろん。俺たちはそのためにここにいるんです」

　明子ママが言った。

「春日井君が自殺なんて、あり得ないって私は思う」

　黒田が言う。

「そういう話は記者がいないところでしたいんですがね」

　明子ママはきっぱりと言った。

「布施さんが麻衣ちゃんのために、藤巻の正体を暴く。これ、そういう話でしょう？　だったら、布施さんがいるところでないと話はできない」

　鳩村は戸惑いながら言った。

「待ってくれ。整理したい。布施はその篠田麻衣さんとどういう話をしたんだ？」

「叔母さんが自殺したことを、本当に悔しがっていましたね。玲子さんが亡くなったとき、麻衣さんはまだ五歳でしたが、ずいぶんとかわいがってもらったそうです。きれいな人で麻衣さんも大好きだったと言っていました」

「はめられたのよ」

明子ママが言った。「玲子は、ＳＳの幹部たちにおだてられてブランチを増やし、ステータスを上げていったの。おかげで、ずいぶんと派手な生活をしていた。ＳＳが主催するイベントでは、ＶＩＰ扱いされるまでになったわ」

黒田が言った。

「だが、それがいつまでも続くわけじゃない……。ブランチが減ってもステータスは変わらないというわけですね？」

「そう。それで、玲子はいろいろなバイトをするようになった。六本木のクラブで働いたりもしたんだけど、それでも足りない。でも、藤巻たちはそれが狙いだったのね。会費を払えない玲子は、藤巻の言いなりだった。藤巻におもちゃにされた上に、売春をさせられるようになったと聞いたわ」

黒田が尋ねた。

「春日井とはどういう関係だったんです？」

「玲子はもともと春日井君の彼女だったの。彼女がステータスを上げたのは、春日井君の勧めもあったんだと思う」

鳩村は尋ねた。

「春日井さんが玲子さんをはめたということ？」

「そうじゃない。春日井君には悪気はなかったと思う。ただ、玲子といっしょに楽しみたかっただけだったのね。その二人の関係を利用したのが藤巻よ。あいつは、玲子を手に入れたかった。そして、ほしいものはどんなことをしてでも手に入れる。そういうやつよ」

布施が言った。

「それ、今でも変わってないなあ……」

そのとき、二人連れの客が入って来た。彼らも常連のようだ。

ＳＳの話はそこで終わりだった。

12

谷口と黒田が『ハーフムーン』を出たのは、午後十一時半頃のことだった。店にいたのは一時間ほどだ。

店を出る前に、黒田が名刺を渡して、ママのフルネームを尋ねた。

一般の客が入ってきたので、これ以上詳しい話を聞き出すのは無理だと、黒田は判断したようだ。谷口はただ黒田に従うだけだ。

『ハーフムーン』を出ると、谷口は言った。

「遠藤明子の証言で、心証がかなり変わってきましたね」

「ああ。二課の多岐川が言ったことは、あながち的外れじゃなかったかもしれない」

「春日井の死が、篠田玲子の自殺と関係があるということですか？」

「当然、関係あるだろうな。そう考えたほうが自然だろう」

「でも、今さらそれを証明することはできませんよ」

「遠藤明子以上に、事情を知っているやつを見つけなけりゃならないな」

「二人の死に藤巻清治が関与している、なんてことを証明するのはさらに難しいです」

「難しくても何でも、やらなきゃならない。それが警察官なんだよ」

黒田らしい言い方だなと、谷口は思った。

「布施さんは、三ヵ月も前からこの件を気にかけていたんですね」

「それも、ホステスからの話がきっかけとは……」

「藤巻清治がキーなんですね」

黒田が聞き返す。

「キーだって？　どういうことだ」

「三ヵ月前、布施さんがホステスから篠田玲子の自殺の件を聞いたわけですよね。そして、藤巻清治に接近を始めた。たぶん、ちょうどその頃から藤巻はネットなんかでの注目度を急に高めていったように思います」

「それで、二課の多岐川が眼をつけた、というわけか……」

「そういうことでしょうね」

黒田が思案顔になった。

しばらくすると、彼は立ち止まった。

谷口は尋ねた。

「どうしました？」

「引き返して、布施が出てくるのを待とう」

「え……」

このまま今日は帰宅できると思っていた谷口は思わず声を上げた。「布施さんが出てくるのを……」

「話を聞きたい」

「今日でなくても……」

「捜査は狩りと同じだ。逃したチャンスは二度とやってこない」

谷口は溜め息をついた。

「わかりました」

『ハーフムーン』が入っているビルの前で張り込むことにした。

それから約三十分後、布施たちが出てきた。

黒田が布施に声をかけた。いっしょにいた鳩村はびっくりした様子だったが、布施はまったく驚かなかった。

「やあ、黒田さん。どうしました」

「訊きたいことがある」

布施はうなずいた。

「わかりました。近くの店に行きましょう」

鳩村が言った。

「俺はどうすればいいんだ？」

黒田が言った。

「布施だけと話をしたい」

「じゃあ、俺は帰るしかないな」

布施が、鳩村に挨拶をすると、黒田に言った。

「こっちです」

布施に案内されたのは、近くのバーだった。『ハーフムーン』よりは少しだけ広い店で、やはりカウンターが中心だ。

布施は常連らしく、カウンターの中にいる女性に声をかけた。

「奥の部屋、いい？」

そして、三人は店の奥にある個室に入った。ここなら安心して話ができると、谷口は思った。さすがに布施は、こういうところは心得ている。

布施はビールを注文した。黒田と谷口も同じものにした。

飲み物がくると、布施が言った。

「それで、話って？」

「あんたが絵を描いたのか？」

この言葉に、谷口は驚いた。布施もぽかんとしている。

「何のことですか？」

「藤巻清治だ。彼は昔からネットでいろいろな発言をしていたが、最近発言の回数や量が増えている。それで急に世間が注目しはじめたんだ。あんたが接触しはじめてから、藤巻の発言が増えたように感じるんだがな」

布施はビールを飲んで苦笑を浮かべた。

「そんなこと、あるはずないじゃないですか」

「そうかな……。雉も鳴かずば撃たれまい、でな。注目度がアップしなければ、俺たちがSSについて洗いはじめることもなかった」

布施が切り返す。

「でも、黒田さんは最初、SSの主宰者が藤巻さんだって知らなかったんでしょう？」

布施はぼうっとしているように見えて、なかなか頭の回転が速い。黒田が少しばかり、しどろもどろになった。

「だが、結局彼を調べることになったんだ。それもこれも、あんたの狙いじゃないのか？　警察が動いて事件にならなければ、ニュースにはできないからな」

布施は肩をすくめた。

「狙いとか仕掛けとかはありませんよ。俺はただ、レイちゃんやレイちゃんのお父さんがかわいそうだと思ったんです。あ、レイちゃんていうのは、篠田麻衣さんのことです」

「わかってる。源氏名のレイは、篠田玲子から取ったんだな？」

「そうです。玲子さんが好きだった六本木で、彼女も働きはじめたんです」

「藤巻に接触して、彼が世間の注目を集めるように働きかけたんじゃないのか？」

布施はかすかに笑みを浮かべた。

「俺はただ楽しく飲んでいるだけですよ」

真相は藪の中だ。だが、酒飲み話で藤巻をいい気分にさせて、結果的にけしかけた、というようなことはあり得るかもしれないと、谷口は思った。

黒田がさらに言った。

「藤巻の、フィクサーになりたいという発言も、あんたが言わせたんじゃないのか？」

「違いますよ。彼は昔から、政財界に顔が利く大人物に憧れていたようです。首相と知り合いになったのも、積極的に伝手を探した結果のようです」

「そんな伝手がよく見つかったな」

「それが藤巻清治なんです。目的達成能力は抜群なんですよ。彼はＩＴ関係の諮問機関の一つに名を連ね、首相に近づくことができたんです」

「なるほどな……」

「彼のほうから俺に声をかけてきた、というのは本当のことですよ」

「そう仕向けたんだろう？」

「彼がもともと『ニュースイレブン』に興味を持っているということは、あらかじめ知っていました」

「香山恵理子に興味を持っていると言っていたな……」

「彼女を手に入れるためなら、『ニュースイレブン』をつぶすくらいのことはやるかもしれません。それが藤巻清治です」

黒田は驚いた顔になった。

「まさか、いくら何でも番組をつぶすことなんてできないだろう」

「やろうと思えばできますよ」

「どうやって……？」

「このところ、若干持ち直しているとはいえ、『ニュースイレブン』は昔ほど数字が取れなくなっています」

「数字ってのは、視聴率のことだな？」

「テレビ局というのは、時間の奪い合いなんです。総放映時間は決まっていますから、その枠の中で、やりたいことをやろうとみんな必死なわけです。番組を決定するのは編成局なので、どこのテレビ局でも編成局は大きな力を持っています。そして、この編成局ほど政治的な駆け引きが行われるところはありません」

「政治的な駆け引き……？」

「そうです。局員、広告代理店、制作プロダクション、芸能プロダクションなどが入り乱れて、丁々発止の駆け引きが行われるのです。そして、上からの圧力や外部からの圧力もあります」

「どういう圧力だ？」

「有り体に言えば、政府からの圧力ですね。放送というのは許認可事業ですからね。総務省の免許が必要なんです。免許が取り消されたら、たちまち放送ができなくなるので、もともと政府への批判がやりにくい構造なんです」

「政治家からの圧力もあるということか？」

「政治家個人が圧力をかけることなどできませんよ。あくまでも、首相官邸とか政府とかがそれとなく何かを言ってきて、放送局はそれを忖度するわけです」

「忖度か……。要するに自主規制じゃないか。それは検閲と同じことだ」

「それが実情ですよ。もし、官邸が編成局の誰かに、『ニュースイレブン』はそろそろ潮時じゃないのか、などと囁いたとします。数字がよくない番組ですから、次の改編の時期には番組表から消えているかもしれません」

「なるほど……」

「藤巻清治は、首相とは携帯電話で話をできる仲だということです。藤巻が首相に働きかけ、官邸が編成に何かを言うと、『ニュースイレブン』は打ち切りになることもあり得るわけです」

「日本のマスコミっていうのは、もう少し健全だと思っていたんだがな……」

「世界のジャーナリストの中には、すでに日本のマスコミはジャーナリズムの役割を果たしていないと言っている人もいます」

「その批判を受け容れるわけか?」

「まあ、ある意味事実ですから」

「なんだか、情けなくなってきたな」

「まあ、俺はできる限りのことはやりますけどね……」

「それで……? 藤巻は、春日井の死に関与しているのか?」

布施は驚いた顔になって言った。

「それを調べるのは警察の仕事でしょう?」

「何か目星がついているんじゃないのか?」

「俺はただ、レイちゃんのために、何かできないかと思っているだけです」

「それが、SSについて調べはじめたきっかけなんだな?」

「そうです。イベントサークル自体はそんなに悪いものじゃないと思います。それを利用して悪いことをするやつらがいるということです。そして、その犠牲になる人たちもいる。俺はそういう犠牲者が闇に葬られるのが我慢ならないんですよ」

布施はこんなに熱血だったのだろうかと、谷口は思った。

普段は、何も考えていないように見える。難しいことや深刻なことなど、自分とは関係ないと思っているようだ。

だが、それは演技であって、実は人一倍の情熱を心の奥に秘めているのではないか。でなければ、次々とスクープをものにできるはずがない。

ビールを飲み干すと、黒田が言った。

「呼び止めて済まなかったな。話は終わりだ」

布施はグラスに半分ほど残ったビールを指差して言った。

「俺はこれを飲み終わるまでここにいますよ」

黒田がうなずいて立ち上がった。谷口はそれに従った。

鳩村は地下鉄に乗るか、タクシーを捕まえるか考えていた。まだ、終電までには間があるので、本来なら地下鉄に乗るべきだ。

藤巻なら、もしかしたら『ニュースイレブン』をつぶすくらいのことはできるのではないか。ふと鳩村の頭をそんな考えがよぎった。

まさか、と思いながらも確信が持てない。

『ニュースイレブン』打ち切りの噂に、ＳＳと自殺者……。

藤巻清治のことなど、雑音に過ぎないと考えていたのに、今ではすっかり話題の中心となっている。これも、布施の「引き」の強さか……。

黒田たちが動いているとなると、番組としても無視することはできない。なんだか、また布施の思いどおりになったようで、鳩村は悔しかった。

六本木の駅に向かおうとして、ふと立ち止まり、やはりタクシーを拾うことにした。今日は仕事だったのだから、これくらいは許されるはずだ。鳩村は自分にそんな言い訳をしていた。

タクシーに乗り込むと、鳩村は再び藤巻清治について考えていた。

単なるネット上のお騒がせキャラではなかったということだ。もしかしたら、過去の犯罪に絡んでいるかもしれない。

さらに、『ニュースイレブン』打ち切りを彼が望んでいる恐れもある。

よし、明日の最初の会議では、藤巻清治について、ちょっと突っ込んだ話をしてみよう。

鳩村は、そんなことを思っていた。

13

朝、黒田が登庁してくるとすぐに谷口に言った。

「篠田麻衣に話を聞きに行こう」

「え、連絡先は……？」

「だから、それをおまえが調べるんだよ。働いている店もわかっている」

「六本木の『ライザ』でしたね」

「本名と勤め先がわかっているんだから、どうにでもなるだろう」

たしかにその程度の情報から身元を割り出すのが警察だ。

「わかりました。でも……」

「でも、何だ？」

「布施さんに尋ねてみたほうが手っ取り早くないですか？」

「おまえ、記者にそんなことを訊くの、恥ずかしくないか？」

今さらそんなことを言えた義理か……。

谷口はそう思ったが、ペア長には逆らえない。

「わかりました。すぐにかかります」

「午後まででいいぞ。すぐにかかりますからな。相手はホステスだからな。午前中は寝ているだろう」

「了解です」

谷口が篠田麻衣について調べようとしていると、係長が言った。

「おい、黒田。池田管理官がお呼びだ」

黒田がこたえる。

「すぐに行きます」

「おまえ、何かやったのか？」

「はあ……？」

「管理官から名指しで呼び出しとは、穏やかじゃない」

「今かかっている事案のことだと思いますよ」

「ああ……。管理官から聞いている。二十年前の自殺の件だって？」

「そうです」

「管理官主導じゃ手を抜くわけにもいかないな」

「ええ、そういうことですね」

黒田が立ち上がり、谷口に言った。「おまえも来い」

「はい」

　二人で管理官の席に行った。

　池田管理官が言った。

「例の件だが……」

　黒田が確認した。

「ＳＳの元会員で連絡の取れそうな人の件ですか？」

「それよりも役に立ちそうな人物と連絡が取れた」

「誰です？」

「二十年前に麻布署の刑事課でいっしょだった人だ。当時はベテラン巡査部長で、今はもう退官されている。名前は寺岡辰巳。年齢は六十七歳。連絡先は……」

　谷口は慌ててメモ帳を取り出した。池田管理官が教えてくれたことを書き留めようとしたのだ。

　すると、池田管理官が紙切れを差し出した。

「これに書いてある」

　黒田がそれを受け取る。

「ありがとうございます」

「寺岡さんはな、最後まで自殺という結論に懐疑的だった。それで、当時の係長と対立していた。係長は、さっさと事案を片づけたい。だが、寺岡さんはもっと追及したい……。実は、俺は寺岡派だったんだ」

黒田が言った。

「なるほど……。さっそく連絡を取ってみます」

「それで、その後の進展は……？」

池田管理官の問いに、黒田がこたえた。

「ＳＳの元会員二人から事情を聞きました」

「ほう。元会員を見つけたのか？　俺の情報は余計だったかな」

「とんでもないです。おおいに助かります」

「その元会員というのは何者だ？」

黒田は芦沢満と遠藤明子の名を告げた。そして、昨日わかったことをかいつまんで説明した。

池田管理官は、ふと眉をひそめて言った。

「芦沢は、ＳＳにいた頃、藤巻とはあまり関わりがなかったと言ったんだな？　それなのに、現在、藤巻のおかげでおおいに儲けている……。そいつはちょっとひっかかるな……」

黒田がうなずいた。

「おっしゃるとおりです。自分もそこが、なんとなく不自然かなと思っていました」

　言われてみれば、そのとおりだな。

　谷口はそう思った。誰かに指摘されるまで気づかない自分はまだまだだと、ちょっとだけ反省する。

　池田管理官がさらに言った。

「その芦沢が、『ハーフムーン』というスナックを教えてくれたわけだな?」

「はい」

「だが、ママの遠藤明子は芦沢満のことを知らないと言った……」

「そうです」

「それも、なんだか妙な気がするな」

　黒田がうなずいた。

「その辺が突っ込みどころかもしれませんね」

「わかった」

　池田管理官が言った。「進展があったら、すぐに知らせてくれ」

　黒田と谷口は、礼をして池田管理官の席を離れた。

　席に戻ると、黒田が言った。

「……というわけで、もう一度芦沢に会う必要があるな……」

谷口は言った。

「たしかに、芦沢と藤巻の関係は気になりますね」

「詳しく話を聞くためには、何か材料がいるな」

「材料ですか？」

「攻めるための材料だ。芦沢を洗うとするか……」

「わかりました」

当初はどこから手を着けていいか、さっぱりわからなかったが、ここにきて次々とやるべきことが出てきた。

歯車が嚙み合ってきたと、谷口は感じていた。もうじき、事件の真相への道筋が見えはじめるだろう。そんな期待感があった。

黒田が言った。

「まず、寺岡というＯＢに会いに行こう。連絡を取ってみてくれ」

「はい」

谷口は、すぐに電話をした。携帯電話の番号だった。

「はい、寺岡です」

「あ、警視庁の谷口と申しますが……」

「警視庁のどこの部署だ？」

「捜査一課特命捜査対策室です」

「特命捜査か。池田から連絡があったが、その件かね？」

「そうです。お話をうかがいたいのですが……」

「わかった。今九時半か……。十一時に、港区芝に来られるか？」

「十一時に、港区芝ですね？」

　復唱しながら黒田の顔を見た。黒田がうなずいたので、谷口はこたえた。「だいじょうぶです。うかがいます」

　寺岡は、大手食品メーカーの名前を言い、その総務課にいると言って電話を切った。

　退官後、再就職したのだろう。

　大手企業が元警察官を雇うのは、たいていは総会屋など、反社会的勢力の対策のためだ。

　行き先を告げると、黒田はただ「わかった」とだけ言った。

　谷口は、篠田麻衣の連絡先について調べることにした。

　鳩村は、午前十時に出社して、メールチェックや伝票整理などの雑用を済ませると、政治部に足を運んだ。

親しいベテラン記者を見つけると、鳩村は彼に近づいた。蓮田清志という名でキャップだ。鳩村の二年下だ。

「あれえ、夜の番組のデスクが、こんな時間に何してんだ?」

蓮田は先輩である鳩村にもタメ口だ。それだけの実績があるから、鳩村も気にしてはいない。

「番組が夜だからって、仕事が夜だけとは限らない」

「真面目だねえ、相変わらず」

「ちょっと訊きたいことがあるんだ」

「何だ?」

「藤巻清治のことなんだ」

「藤巻の何が知りたい?」

「政界にはどの程度顔が利くのだろうと思ってな……」

「ああ、あれだろう? SNSでの、フィクサーになりたいという発言。なんだよ。『ニュースイレブン』は、あんなのを本気にするわけか?」

「……ということは、政治部では相手にしていないということか?」

「相手にするも何も、はなから対象外だからな」

「政界に対する影響力はないということか?」

「そのへんは微妙だな」

「どう微妙なんだ？」

「藤巻が首相に近いのは知っているだろう？」

「かつて諮問機関にいたんだってな。藤巻は首相の携帯電話にかけられると聞いた」

「首相も藤巻を気に入っている。なにせ、藤巻は成功者だからな。政治家は金持ちが好きだ」

「それは政界に影響力があるということなのか？」

「直接の影響力はない。だが、いわゆる忖度というやつはあるだろうな」

「忖度か……」

「官僚の忖度は、いろいろなレベルで影響がある」

「つまり、藤巻は官僚に忖度させるような存在だということか？」

「首相と親しいということは、そういうことだよ。ただし、その程度でフィクサーになれるかどうかは別問題だ」

「放送局に対してはどうだろう」

鳩村の言葉に、蓮田はきょとんとした顔になった。

「何だそれ。どういうことだ？」

「例えば、藤巻がある番組をつぶそうと考えたとしてだな、それを首相に耳打ちして、首相がそれを側近につぶやく……。そうすると、それが局の編成に伝わり、改編時期にその番組が消えるとか……」

「それって、シャレにならねえな……。編成はけっこう官邸の顔色を見たりするからな。それ、『ニュースイレブン』のことなのか？」

「そうじゃない。あくまでも仮定の話だ」

「噂を耳にしたんだ。『ニュースイレブン』が打ち切りになるかもしれないって……」

鳩村はなんとかごまかそうとした。

「そういう噂はいつでもあるよ。なんせ、数字がよくないからな」

「まあ、そういうご時世だよなあ。どこの局も報道番組はきつい」

「テレビのニュースには大切な役割がある。視聴率が上がらないからといって止めるわけにはいかない」

蓮田が笑みを浮かべた。

「いいねえ、鳩村デスクのそういう熱いところ」

「それで、どう思う？」

「藤巻が番組をつぶせるかどうかって話か？」

「ああ」

「あり得ない話じゃないと思う。まあ、あくまでも藤巻の影響力というより、首相の影響力だがね」

「藤巻は、どんなことをしても目的を達成しようとするらしい」

「ああ、そういう話は聞いている。実際にそうだから、ＩＴバブルの崩壊を生き延びて、おおいに稼いでいるわけだろう」

話を聞いて、鳩村の懸念は深まった。

ふらりと報道局にやってきた藤巻清治の姿を思い出し、今になって不気味に感じていた。

谷口と黒田は、白い壁で仕切られたブースの中にいた。それは、打ち合わせをするためのスペースで、同じようなブースがいくつも並んでいた。

港区芝にある大手食品メーカーの本社ビルは巨大だった。受付で来意を告げると、このブースに案内されたのだ。

その中の居心地は悪くなかった。テーブルがあり、座り心地のいい椅子があった。そこで、五分ほど待っていると、背広姿の男が現れた。

「どっちが黒田だね？」

黒田と谷口は立ち上がった。黒田がこたえた。

「自分が黒田です」

彼が椅子に腰かけたので、黒田と谷口も腰を下ろした。

寺岡が言った。

「それで、何が訊きたい？」

黒田が尋ねた。

「春日井伸之が自殺した件を担当されたということですが……」

「ああ、担当だった。当時は巡査部長だった」

「捜査の結果、自殺ということになりましたが、寺岡さんは納得されていなかったということですね」

「ありゃあ自殺なんかじゃない」

あまりにはっきりと言うので、谷口は驚いた。

遠藤明子も同じようなことを言っていたが、捜査担当者の発言となると、その重みが違ってくる。

黒田が質問を続ける。

「自殺じゃなかったとおっしゃる根拠は……？」

「遺書もなかったし、身辺整理もしていなかった」

「衝動的に自殺したのかもしれません」

「そういう場合はな、列車へ飛び込んだり、高いところから飛び降りたりするんだ。衝動的に首吊りなんかしない」

そう言い切れるものだろうか。谷口は疑問に思った。だが、口を挟むわけにはいかない。

寺岡の口調は確信に満ちている。おそらく現場を見て、そう感じたのだろう。理屈ではない。直観だ。

これはたまに言われることだが、刑事は直観により真相を知り、それを説明するために証拠を探すのだ。

黒田が言った。

「周囲の反応もお聞きになったのですね？」

「当然だ。友人や家族に話を聞いたが、自殺するような様子はまったくなかったということだった。もちろん、誰かが死ぬと、周囲の者たちはみんな信じられないと言うものだ。それでも雰囲気はつかめる。本当に自殺した者の周囲では、信じられないと言いながら、ああ、しょうがないな、と思っているのが感じられる。だが、春日井の場合は、周りのみんなが本当に驚き、戸惑っていたんだ」

黒田がうなずいた。

「なるほど……」

「篠田玲子のことは知っているか？」

「知っています。自殺した女子大生ですね。春日井と付き合っていたという情報もあります」

「篠田玲子はＳＳの犠牲者だ。篠田玲子が死んだことで、春日井はそうとう頭に来ていたらしい。そう、彼は怒っていたんだよ。怒りの対象がはっきりしている間は、人間、自殺なんてしないもんだ」

それも断言はできないだろうと、谷口は思った。

だが、寺岡の言いたいことは理解できた。たしかに、怒りのエネルギーは、自ら死を選ぶ方向にではなく、外側の対象に向かうように思える。

黒田が尋ねる。

「怒りの対象がはっきりしている？　その対象というのは何者ですか？」

「そりゃあ、篠田玲子から金を吸い上げていたＳＳの幹部だろう」

「春日井も幹部でしたよね」

「彼は、まさか篠田玲子があんな目にあうとは思ってもいなかったんだ」

「あんな目というのは……？」

「知らんのか？　調べが甘いな」

「会費を払うために、水商売のバイトなどをしたけど、それでも間に合わず、売春をさせられたという話を聞きました」

「それだよ。この事件の真相は、そこにあるんだ」

「事件とおっしゃいましたね」

「そうだ。あれは間違いなく事件だった。女子大生がさんざんなぶられた上に売春を強要された。それが原因で自殺したんだ。つまり、殺されたも同然だ。それを知った春日井は、ぶち切れたんだ。そして直談判した。おそらく、警察に訴えるというようなことを言ったに違いない。それが理由で、消されたんだ」

「消された」

黒田が驚いた顔で言った。「つまり、殺人だということですか？」

これは演技だ。黒田もその可能性を充分に感じていたはずだ。

「俺はそう考えていた」

「じゃあ、どうして捜査はその方向に動かなかったんですか？」

「証拠がなかった。なにせ、真相を知っている篠田玲子も春日井伸之もすでに亡くなっていた。ＳＳのやつらはみんなダンマリだ。それに、当時の刑事課の内部事情もあってな……」

「内部事情？」

「ああ……。当時、俺は係長と折り合いが悪くてな……。俺が何かと反発するもんで、すっかり嫌われていた。俺の味方をしてくれるのは、池田くらいのもんだったよ」

「係長が、寺岡さんの殺人説に耳を貸さなかったということですか？」

「俺も押し切れなかったんだよ」

「今うかがっただけの要素があれば、充分に立件できると思いますが……」

　寺岡は、急にがっくりと疲れた様子になった。まるで、その瞬間に彼の体がしぼんでしまったように、谷口は感じた。

「だから、押し切れなかったんだ。事件にするかどうかを決めるのは係長だ。俺らは兵隊でしかなかった。それにな……」

「それに……？」

「篠田玲子に関する悲惨な話を聞いたのは、春日井の件が手を離れて、ずいぶん経ってからなんだ」

　つまり、寺岡は諦めきれずに、密かに調べつづけていたということだろう。

「捜査のやり直しという話にはならなかったんですか？」

　寺岡が目をむいた。

「一度出た結果をひっくり返すのが、どれだけたいへんなことか、知ってるのか」

　黒田は言った。

「おっしゃるとおりたいへんだと思います。しかし、そのために我々がいるのです」

「そうか……」

寺岡が言った。「あんたら、継続捜査が仕事だったな」

14

寺岡が、再び生気を取り戻したように見えた。

「洗い直して、こいつを事件にできるのか？」

黒田がこたえた。

「自分はいつもそのつもりで仕事をしています」

「そいつは勇ましい言葉だがな……。やっかいな事案だぞ」

「やっかいじゃない事案なんてありませんよ」

「まあ、そうかもしれんが……」

「最後にどうしてもうかがっておかなければならないことがあります」

「何だ？」

「篠田玲子は、はめられたんだと言う者もいます」

「ああ。そうかもしれない」

「つまり、何者かが計画的に彼女を追い込んで、おもちゃにし、売春を強要したということですね？」

「そうだ。だからこそ、春日井がぶち切れたんだ」

「それは何者なんです？」

寺岡が押し黙った。にわかに眼光が鋭くなる。まるで現職の刑事のような眼差しだと、谷口は思った。

沈黙の後に、寺岡が言った。

「知ってて訊いてるんだろう？」

黒田が言う。

「こちらから名前を出すと、誘導尋問になりますからね」

寺岡がこたえた。

「藤巻清治だよ」

谷口は、緊張のあまり自分が息を詰めていたことに気づいた。そっと息を吐き出す。

黒田がさらに尋ねた。

「春日井が直談判した相手も藤巻だったんですね？」

「確証はないが、俺はそう睨んでいる」

「春日井を殺害したのも、藤巻でしょうか？」

寺岡がかぶりを振った。

「やつは、自ら手を下さない。それに、自殺に見せかけて殺すなんて芸当が、藤巻にできたとも思えない」

「じゃあ、実行犯は……？」

「SSの会員は、普通の大学生が主体だったが、そういう素性のいい連中ばかりじゃない。元マル走とかも交じっていた。今で言う半グレだな。藤巻は当時からそういう連中をうまく使っていた」

「半グレ……」

「ああ。今でもそういう連中とは切れていないかもしれない」

「そういう反社会的勢力との関係が、フィクサー発言につながったのかもしれませんね」

「どうだろうな……。だが、過去にフィクサーと呼ばれた人たちは、例外なく反社会的勢力との付き合いがあった。人間、暴力には弱いからな。こじれた話をまとめるには、そういう力も必要だ」

　黒田がしばらく考え込んだ。

「半グレが実行犯だったとしたら、藤巻の犯罪を立証するのは、難しいですね」

「実行犯を特定するのはたいへんだが、見つけさえすればなんとかなる。殺人に公訴時効はなくなった。だから、実行犯を殺人罪で起訴することができる。実行犯もそれを知っているだろうから、取引を持ちかけるんだ。誰に頼まれたかを吐けば、量刑について手加減してやると……」

「それを言うと、嘘になりますね。刑事が量刑を決められるわけじゃありません」

「検事と話を詰めろよ。あんたでだめなら、係長。係長でだめなら、管理官を使えばいい。検事や判事と話をさせるんだ」

「池田管理官なら、検事と話をつけてくれるかもしれません」

「そのときは、俺に任せろ。池田に話をつけてやる」

その必要はないと、谷口は思った。おそらく、素直に話しにいくだけで事足りるだろう。黒田も同じことを考えたはずだ。

だが、黒田は言った。

「実行犯を特定した暁(あかつき)には、よろしくお願いいたします」

黒田が立ち上がり、頭を下げたので、谷口もそれにならった。


寺岡が勤める会社を出ると、黒田が谷口に言った。

「篠田麻衣の連絡先はわかったか？」

「あ、すいません。まだです」

「店に人が来る頃に行って、訊いてみよう」

谷口もそう考えていたところだった。

「はい、そうします」

「芦沢のことを少し洗ってみるか。まずは勤め先だ」

「昨日話を聞いたときに確認しておけばよかったですね」

「今さらそんなことを言っても始まらないだろう」

「電話して本人に訊いてみますか？」

「それより、家政婦に訊いてみよう」

谷口と黒田は、世田谷区深沢一丁目の芦沢の自宅に向かった。

家政婦の多賀弘枝が玄関から出て来て、猜疑心に満ちた眼を向けてきた。

「芦沢さんは留守ですが……」

黒田が言った。

「昨日、聞きそびれたんですが、芦沢さんがお勤めの会社を教えていただけませんか？」

多賀弘枝がさらに怪訝そうな表情になる。黒田が笑顔を見せて言った。

「あ、ご心配なく。報告書を書くために必要なだけです。うっかり訊き忘れましてね……」

「私は存じません」

「ご存じない？　雇い主の勤め先なのに……？」

「知る必要がありませんので。私はお宅のお世話をするだけですから……」

「たしか昨日、あなたは、芦沢さんのお勤め先が渋谷だとおっしゃいましたよね。つまり、ご存じだということでしょう」

多賀弘枝が表情を閉ざした。おそらく、しまったと思い、開き直ったのだろう。

「渋谷に会社があるということは存じております。でも、どんな会社にお勤めかは存じません」

「どなたかご存じの方はいませんかね？」

「私に心当たりはございません」

「そうですか」

黒田はうなずいてから、さらに言った。「もう一度、お尋ねします。芦沢さんは、何という会社にお勤めですか？」

「申し訳ありません。私は存じません」

「わかりました。どうもお邪魔しました」

黒田が言うと、すぐに玄関のドアが閉められた。そして、施錠する音が聞こえた。

門を離れると、黒田が言った。

「えらく警戒をしているな」

「勤め先を知られたくないんでしょうか？」

「……というより、勝手にそういうことを警察に教えると、芦沢に叱られるのかもしれない」

「家政婦の責任感ですか……」

「仕方がない。本人に電話して訊いてみよう」

「いいんですか？」

「どうせ、俺たちが勤め先を知りたがっていることは、家政婦から伝わるだろう。こうなったら、本人に訊くしかない」

「電話してみます」

谷口は、昨日本人から聞いていた携帯電話の番号にかけた。呼び出し音五回で相手が出た。

「はい」

「あ、昨日お邪魔した警視庁の谷口ですが……」

「ああ、刑事さんですか。どうしました？」

「昨日、お勤め先をうかがうのを忘れまして……」

「そんなことが必要なんですか？」

「警察は役所ですからね。いろいろと決まりがあるんです。ある人物のことを報告書に記載するのに、住所、年齢、職業、勤務先は必須事項なんですよ」

厳密に言うと、必ずしもそうとは限らない。それが当てはまるのは、重要な人物だけだ。だが、それを芦沢に言う必要はない。

「『渋谷エンタープライズ』という会社です」

「何を扱っている会社なんですか？」

「そんなことまで訊く必要があるんですか？」

「必要はないですが、ちょっと興味がありまして……」

「リース会社ですよ。ネットでも調べられますよ」

「そうですか。わかりました。お忙しいところ、お時間頂戴しまして、すみませんでした」

「いえいえ。警察への協力は惜しみませんよ。じゃあ……」

電話が切れると、谷口は今の会話の内容を黒田に報告した。

「『渋谷エンタープライズ』だって？　実在する会社なんだろうな？」

「どんな会社か、ネットでも調べられると言ってました」

「すぐに調べてみろ」

谷口は、スマートフォンで検索してみた。たしかに実在する会社だ。

画面を見ながら、谷口は言った。

「芦沢が言ったとおり、リース会社ですね」

「リース会社？」

「ええ。オフィス用品を中心に、いろいろなものを取りそろえていますね。コピー機とかパソコンとか……。机や椅子もリースしているようです。観葉植物なんかもありますね」

「観葉植物……？」

黒田がそんな言葉に反応するとは思わなかったので、谷口は驚いた。

「観葉植物がどうかしましたか？」

黒田が言った。

「ちょっとその会社を拝んでこよう。住所は？」

「渋谷区渋谷一丁目……。宮益坂（みやますざか）のあたりですね」

黒田が歩きだしたので、谷口はそのあとを追った。

『渋谷エンタープライズ』は、宮益坂のちょうど中間くらいに建つ雑居ビルの中に入っていた。

あまり目立たない看板が出ている。会社の出入り口もわかりにくい。一般客を意識していないようだ。

　黒田はビルを見上げて言った。

「見た感じは普通の会社だな……」

「そりゃそうでしょう。たしかに芦沢の振るまいはちょっと怪しいですが、勤めている会社が怪しいわけじゃないでしょう」

「おい」

　黒田が顔をしかめる。「外で実名を出したりするんじゃない。どこで誰が聞いているかわからないんだ」

「あ、すいません」

　それから、黒田がまたビルを見上げて言う。

「家政婦が会社名を教えたがらなかったのも、なんだか解せない」

「だから、それは責任感のせいでしょう？」

　黒田が、周囲を見回してから言った。

「おまえ、渋谷署の地域課か組対関係に知り合いはいないか？」

「え？　渋谷署ですか……。いえ、思い当たりませんが……」

「地域課あたりに同期とかいそうなもんじゃないか」

「いるかもしれませんが、今は思い出せません」

「まあ、俺もそうだけどな……。ちょっと行ってみるか」

「渋谷署ですか？」

「そうだ」

そう言いながら、黒田はすでに歩きだしていた。

『渋谷エンタープライズ』から渋谷署までは歩いて十分もかからない。受付で警察手帳を提示した黒田が言った。

「ちょっと、マル暴関係の人に話を聞きたいんですが……」

受付にいた制服姿の年かさの係員が興味深げに尋ねた。

「マル暴？　何について知りたいの？」

「ちょっと、ここでは……」

「じゃあ、直接当たってみてよ」

組対課に行けということだ。

「そうします。ありがとうございます」

黒田は組対課に向かった。案内も請わずにどんどんと進んでいく。まるで馴染みの署のようだ。

「渋谷署の内部に詳しいんですか？」

「いいや」

「でも、慣れているように見えますよ」

「警察署なんて、どこだって似たり寄ったりだろう」

たしかに言われてみると、そのとおりだ。

規模の差こそあれ、たいていの警察署は似たような構造だ。壁の色なども似ている。だから、異動などがあり、新任の署に出向いてデジャヴを起こすこともある。

ほとんど迷うことなく、黒田は組対課に行き着いた。組対係の島を見つけて近づく。

半分以上が空席だった。捜査に出かけているのだろう。席に残っている者は、パソコンに向かっている。書類仕事に追われているようだ。

刑事は一般に思われているより、はるかに書類仕事が多い。警察も役所だから仕方がない。

さすがにマル暴だけあって、みんな人相風体がよろしくない。今どき珍しいリーゼントもいる。

そのリーゼントがふと顔を上げて言った。

「あれえ、黒田じゃないか」

「おう、下田（しもだ）か」

どうやらリーゼントの捜査員は下田という名で、黒田の知り合いらしい。

「ちょっと、話を聞かせてもらっていいか？」

「なに？　俺、監察かなんか食らうの？」

「俺は監察とは関係ない。今、特命捜査にいるんだ」

「継続捜査？」

「そう」

「それで、俺に何の用？」

「『渋谷エンタープライズ』って会社、知ってる？」

下田は、しばらく黒田の顔を見つめてから言った。

「え？　『渋谷エンタープライズ』が何かやった？」

「いや、そういうわけじゃないんだが……。そこに勤めている人物のことを、ちょっと洗いたいと思って……」

「それ、詳しく聞きたいね」

谷口は、下田の反応に驚いていた。『渋谷エンタープライズ』という名前を聞いた瞬間から、興味津々の様子なのだ。

黒田が尋ねる。

「やっぱり、『渋谷エンタープライズ』は、何かあるな……。もしかして、フロント企業か？」

「それなら、わかりやすくていいんだけどな」

「それ、どういうことだ？」

「暴力団のフロント企業なら、暴対法や排除条例で縛れる。だけど、似たようなもので、実態がよくわからない場合がある」

その下田の言葉を聞いて、黒田が言う。

「半グレか？」

「当たりだ」

谷口は、話の展開についていけなかった。

『渋谷エンタープライズ』の背後には半グレがいて、芦沢はそこで働いている。

それはいったい、どういうことなのだろう。

頭の中を整理する必要があった。

二人の会話はまだ続いている。黒田が言った。

「つまり、暴力団のフロント企業のように、半グレ集団が『渋谷エンタープライズ』を資金源にしているということか？」

「……というより、もともと半グレが作った会社なんだ」

「リース会社と聞いて、ぴんときたんだ」

谷口は、思わず黒田に尋ねた。

「え？　リース会社で、なんでぴんとくるんですか？」

「観葉植物のリースなんかは、昔からよくあるマルBのシノギなんだよ。オシボリなんかといっしょだ」

「そうなんですか?」

「おまえ、マル暴関係はうといんだな。オシボリや観葉植物のリース代にミカジメ料を上乗せするんだ」

下田が言った。

「今は、『渋谷エンタープライズ』は、さすがにオシボリでミカジメ、なんていうシノギはやっていない。まっとうなリース会社だ。料金も適正だし、無茶な営業もやっていない。けどな、元が元だけに、マークする必要があると、俺は思っている」

「なるほど……」

「それで、おまえが洗おうとしているのは、『渋谷エンタープライズ』の誰なんだ?」

「芦沢っていうんだが、聞いたことは?」

「芦沢満か?」

「知っているんだな」

「『渋谷エンタープライズ』の創業者の一人だよ」

「……ということは、芦沢は半グレだったということか?」

「……だったというか……。半グレに卒業はないからな」

ずいぶんと、本人の話と実情が食い違っているように感じられる。
谷口と黒田は顔を見合わせていた。

15

鳩村は、遅い昼食を済ませて、席で溜まった仕事を片づけていた。いろいろと考え事をしてしまい、はかどらなかった。

パソコンの画面を見つめていると、声をかけられた。

油井報道局長が机の前に立っていた。

鳩村は慌てて立ち上がった。

「局長。どうされました？」

「いちいち立たなくていいよ」

油井局長は、堅苦しいことがあまり好きではない。生粋のテレビマンだ。だからといって、気を許すとたいへんなことになる。

一見フランクだが、上下関係にはうるさいのだ。

鳩村は立ったままで言った。

「何かご用でしょうか？」

「うん……。通りかかったら、君の姿が眼に入ってね……。今、ちょっといいか？」

「ええ……」

鳩村は言った。「では、あちらの来客用のソファに行きましょう」

二人は移動し、低いテーブルを挟んでソファに腰を下ろした。報道フロアの隅にある安物の応接セットだ。

油井局長は、背もたれに体を預けて言った。

「噂、聞いてるよね？」

どうこたえていいかわからなかった。だが、ここでシラを切っても始まらないし、ぜひとも局長に確認したい事柄でもあった。

鳩村は言った。

「番組打ち切りのことですね？」

「まったく、どこからそんな噂が湧いて出るのか……」

「本当のところは、どうなんです？」

「本当のところ？」

「編成あたりで打ち切りの話は出ているんでしょうか？」

油井局長は顔をしかめた。

「『ニュースイレブン』は報道局の看板だよ。そう簡単に打ち切られてたまるか」

この言葉を、どこまで信じていいのだろう。

油井局長は、もともと報道畑ではない。バラエティーやワイドショーが専門だ。TBNでは、ワイドショーはバラエティー枠なのだ。

華やかな芸能界との関係も深い。今でも大手芸能プロダクションの社長や重鎮との付き合いは絶えていない。

報道一筋の鳩村から見れば、別の人種と言っていい。油井局長が報道をどこまで重要だと考えているか、そして、『ニュースイレブン』をどれくらい大切に思っているか、鳩村にとっては少々疑問なのだ。

テレビマンにとって、何より大切なのは視聴率だ。油井局長もそう考えているに違いない。

だから彼は、番組のてこ入れのために、関西の系列局であるKTHから栃本を引っ張ったのだ。

鳩村が黙っていると、油井局長は続けて言った。

「少なくとも、俺は編成からは何も聞いていない」

「局長は、どこで噂をお聞きになったのですか?」

「芸能プロダクションの連中だ。やつらがどこから聞いたのかは知らん。その魂胆は見え見えだがな……。次に始まる番組で、自分のところのタレントなり芸人なりが起用されないかと考えているわけだ」

　鳩村は眉をひそめた。

「報道番組でしょう？　どうしてタレントや芸人が……」

「そういうご時世なんだよ。他局を見てみろ。帯の情報番組の司会やコメンテーターはタレントや芸人ばかりだ」

「世も末ですね。そんな連中にニュースの解説ができるはずがない」

「今どきの視聴者は、専門家や識者の解説なんて求めていないんだ。それにな、もし『ニュースイレブン』がなくなったとして、その後番組も報道番組とは限らない」

　鳩村は尋ねた。

「報道の枠がなくなるということですか」

「だからさ、もし、と言ってるだろう。『ニュースイレブン』はなくさないよ。俺の眼の黒いうちはな」

「それ、信じていいんですね？」

「鳩村ちゃんよ」

　油井局長は、笑みを浮かべた。だが、その眼がすわっている。ギョウカイで長年生きてきた者の凄味を感じさせる。

　これは彼が本気になったときの表情だ。

「はい……」

「これまで、俺が手がけた番組で打ち切りになったものは一つもないんだ。それが俺の自慢なんだよ」

「『ニュースイレブン』は局長が直接担当されているわけではありません」

「それでも、俺の番組なんだよ。だから、俺が報道局長をやってる間は『ニュースイレブン』を打ち切りにはさせない」

鳩村は、ぽかんと油井局長の顔を見つめていた。

油井はその鳩村の表情に気づいて、怪訝そうな顔をした。

「なんでそんな顔してんだ」

「いや……」

鳩村は驚きの表情のまま言った。「すいませんでした」

「どうして謝るんだ？」

「私は、局長を誤解していたかもしれません」

「誤解……？」

「報道局に対して、それほど情熱をお持ちではないと思っていたのです」

「ああ……。俺は所詮(しょせん)バラエティーPだからな」

「いえ、そんなことは……」

「いいんだよ。事実だからな。俺だって、局長になった当初は、なんで俺がって思っていたさ。お堅い報道なんて俺の柄じゃない。でもな、やるからには手は抜かないよ。報道局員はみんな身内だ。身内を泣かすようなことはしない」

　鳩村はちょっと感動していた。

「では、本当に『ニュースイレブン』の打ち切りはないと信じていいんですね」

「ああ。よほどの不祥事でもなければな」

「不祥事と聞いて、真っ先に頭に浮かぶのは布施ですが……」

「ばか言っちゃいけない。布施は『ニュースイレブン』のエースじゃないか。彼ほどスクープを取ってくる記者はいない」

「はあ……。まあ、そうなのですが……」

「部下をうまく使うんだ。それがデスクの役目だ」

「はい」

「しかし、まあ、実のところ……」

　油井局長の表情が少しばかり曇った。「啖呵(たんか)を切ったはいいが、噂の出所がわからないんじゃ、俺も手の打ちようがないんだ」

　鳩村は、どうしようか迷っていたが話すことにした。

「これは、あくまで私の臆測なんですが……」

「心当たりがあるのか?」

「藤巻清治じゃないかと思います」

「藤巻って……、あのIT長者の藤巻か?」

「ええ。そうです」

「どうして、藤巻清治が……」

「どうやら、香山君にご執心らしいんです」

「何だ、それ。どういうことだ?」

「香山君を、秘書か会社の広報担当にほしいと思っているようです」

油井局長は困惑の表情だ。

「まったく理解できないんだが……。まあ、香山は中高年男性に人気があるから、そういう妄想を抱くやつがいても不思議はないが……」

「藤巻は、妄想を現実にするんです」

「妄想を現実にする……」

「その実行力のおかげで、今の地位にいるんです」

「いや、いくら何でも、香山がうんと言わないだろう」

「現状では、そうでしょう」

「現状では……?」

「彼女は『ニュースイレブン』を気に入っているようですし、キャスターとしてますますやる気が出てきたようですから」

「そうだろうな」

「しかし、もし『ニュースイレブン』がなくなったら……」

油井は驚きの表情になった。

「そのために『ニュースイレブン』を打ち切りにしようというのか。まさか……」

「藤巻は、そのまさかを実現するんです」

「どう考えても、彼にそんな権限はない。どうやってテレビ番組を打ち切りにできるんだ。テレビ局内の人間だって、おいそれとそんなことはできない」

「藤巻は首相と携帯電話でいつでも会話ができる仲だということですね」

「ああ、それは聞いたことがある」

「つまり、官邸とも近しい関係にあると考えていいでしょう」

「そうだろうな」

「官僚は官邸の顔色をうかがいます。もしかしたら、官僚の中には藤巻の顔色をうかがう者がいるかもしれません。そして、テレビ局の幹部も、官邸や官僚の顔色をうかがいます」

「つまり、忖度というやつだな」

「藤巻が首相に『ニュースイレブン』はつぶしたほうがいい、というようなことを耳打ちし、首相がそれを周囲に洩らすだけで、事態が動く恐れもあります。わが局の編成がその首相のつぶやきを知ったら、数字がよくない『ニュースイレブン』は、たちまち吹っ飛びますよ」

油井局長はしばらく考えていた。やがて、彼は言った。

「いや、それも君の妄想だろう。世の中がそんなふうに動くとは思えない」

「私は充分に起こり得ることだと思います」

「なるほど……。『ニュースイレブン』打ち切りの噂を流して、まず外堀を埋めて、ということか……」

「その可能性は高いと思います」

油井局長は、また考え込んだ。

「わかった。敵がわかれば戦いようもある。政治家に忖度して番組の編成を決めるなんて、言語道断だ。そんなことだから、日本のマスコミはジャーナリズムの役割を果たしていない、なんて海外の連中に言われるんだ」

油井局長は立ち上がった。

「『ニュースイレブン』がなくなるときは、俺がいなくなるときだ」

彼は、その場から足早に去っていった。

最後の一言が、どういう意味か、鳩村には理解できなかった。『ニュースイレブン』が打ち切りになったら、辞任するという意味だろうか。つまり、腹を切る覚悟で事に臨むということか……。

油井局長は日和見で、報道番組がなくなろうが別にそれほど気にしないのではないかと、鳩村は思っていた。

それが間違いだったことを知った。

バラエティーであれ、ドラマであれ、その分野でそれなりの評価を得た人物というのは、別な分野でも力を発揮するものなのだ。要するに、情熱の問題なのだ、と鳩村は思った。

時計を見ると、午後三時になろうとしている。最初の会議まではまだ間がある。鳩村は、今日のこれまでの出来事を把握しておくことにした。

ファックス連絡表やメールをチェックする。新聞各紙はすでに眼を通してある。

今日も政局は比較的穏やかだ。大きな事故、事件もない。番組は淡々と進むだろう。こういう日こそ、キャスターの腕の見せどころだ。大きなニュースが入ったときは、視聴者はそれ自体に強く関心を引かれる。

だが、平穏な日のニュース番組では、そうはいかない。視聴者を退屈させないためには、いろいろな工夫をしなければならないが、どんな工夫も、キャスターの個性にはかなわない。

今夜は、鳥飼と恵理子にいっそう頑張ってもらわねば……。鳩村はそう思った。

午後は早く時間が過ぎるように感じる。気がつくと、最初の会議が開かれる六時になろうとしていた。

鳥飼がやってきて、テーブルに着いた。

「デスク、昨夜は布施ちゃんたちと取材に行ったんだって？」

「あ、聞きましたか？」

「香山君から聞いたよ。自殺じゃなさそうなんだって？」

「SSのことは、いろいろと調べなければならないと思います」

そこに栃本がやってきた。

「SSのこと、取り上げますの？」

鳥飼との会話が聞こえたらしい。

鳩村はこたえた。

「番組で取り上げるかどうかは、今後の警察の捜査次第だと思う。事件として扱われなければ、報道はできない」

「事件じゃなくても、番組で取り上げることはできるやないですか。特集とか……」

「特集を組むほどの材料はないよ」

「そやろか」

栃本は言う。「イベントサークルと、その集金システムは、視聴者の関心を引くんやないかと思います。派手なイベントの裏で、犯罪的なこともやってるんと違いますか？」

「タイミングだ」

鳩村は言った。「特集を組むにしても、流れというものがある。今突然そんな特集を組んでも、唐突なので、視聴者の関心を引くことはできないよ」

「でもさ」

鳥飼が言う。「準備はしておいてもいいだろう。布施ちゃんと香山君が材料を集めているかもしれない」

鳩村はうなずいた。

「そうですね。準備をするに越したことはないでしょう」

布施なら、すでにかなりの事柄を調べているのではないかと、鳩村は思った。

その布施がやってきた。

「昨日は、どうも……」

鳩村は尋ねた。

「黒田さんたちは、何の話だったんだ？」

「藤巻さんのことは、俺が仕掛けたんじゃないのかって……」

「仕掛けた……？」

「ええ。急に世間に注目されるようになったのは、俺と付き合いだしてからじゃないか、なんて……」

「そうなのか？」

「そんなはずないじゃないですか」

「まあ、それはそうだろうな。おまえに、そんなことができるはずがない」

「そうですよ」

「それだけか？」

「藤巻さんは、香山さんを手に入れるためなら、番組をつぶすくらいのことはやる……。そんな話をしました」

「ああ……。俺も油井局長とその話はした」

それに一番に反応したのは、栃本だった。

「油井局長と……？」

「ああ。彼は、自分の眼の黒いうちは、『ニュースイレブン』を打ち切りにはさせないと言っていた」

「ほう」

鳥飼が言う。「そいつは頼もしいじゃないか」

午後六時を過ぎた。恵理子が姿を見せない。会議に遅れるなんて、珍しいな……。鳩村はそう思いながら言った。

「香山君がまだだけど時間になったので、始めよう」

鳩村は最初の項目表を配った。今日のオンエアで扱う項目を書き込んだ一覧表で、午後六時の段階ではまだすかすかだ。

「おかしいな……」

鳥飼が言った。「香山君が会議に遅れるなんて……。デスクに何か連絡は……？」

「いえ、特に……」

そう言ってから、鳩村はスマートフォンを取り出してメールのチェックをした。「連絡はありませんね」

鳥飼は布施と栃本に言った。

「君らのところには？」

栃本がこたえる。

「ありまへんな」

布施が言った。

「ないですね。たしかに、ちょっと妙です」

　鳥飼が首をひねる。

「昨日のオンエアのときは、別に変わりはなかったんだが……」

　鳩村は電話をしてみることにした。

「つながらない。電波の届かないところにいるか、電源が入っていない、というメッセージだ」

　布施が言う。

「この時刻に電源が入っていないというのは不自然だし、電波の入らないところにいるというのも妙ですね……」

　鳩村はそれにこたえた。

「たしかにそうだ。だが、まだ六時だからな。おまえも最初の会議には出ないこともある」

　何か都合があったとしても、最悪オンエアに間に合えばいい。実際、昨日はそうだったはずだ。

　布施が立ち上がった。

「俺、ちょっと、失礼します」

　鳩村は言った。

「待て、会議中だぞ。どこに行くつもりだ」

「香山さんのことが気になるんで……。藤巻さんのこともあるし……」

「え？　藤巻がどうしたって……？」

布施はテーブルを離れ、歩き去った。

「あ、こら、待て……」

布施はその鳩村の言葉を無視するように、報道フロアを出ていった。

鳩村は、ふんと鼻から息を吐いてから言った。

「まったく、あいつは……」

鳥飼が言った。

「藤巻のことって、彼が香山君を自分のところで雇いたがっているという話？」

鳩村はうなずいた。

「ええ。どうやら、それは本気のようですね。そして、彼が本気になったら、テレビの番組をつぶすくらいのことはやりかねないということです」

栃本が目を丸くする。

「それって、『ニュースイレブン』のことですか？」

鳩村はその問いにはこたえなかった。

油井局長は、『ニュースイレブン』の打ち切りはないと言った。ただし、「よほどの不祥事でもなければ」と……。

鳩村は、その一言が急に気になりはじめていた。

16

谷口は、黒田とともに地下鉄で六本木に向かっていた。その黒田の携帯電話が振動した。

六本木に着き、地下鉄を降りるとすぐに、黒田は電話をした。

しばらく相手の話を聞いていたが、やがて電話を切ると、彼は言った。

「『ライザ』に行く前に、布施と合流する」

谷口は驚いた。

「布施さんと……？　なんでまた……」

「香山恵理子が会議に姿を見せないんだそうだ」

「え……？　それって、どういうことです？」

「俺もそう思ったよ。なんでそんなことで、俺に電話してくるんだ、と……。だが、珍しく布施が慌てている」

「慌てている……」

「藤巻が香山恵理子を狙っているということだったろう?」

「いや……。会社で雇いたいという話でしょう。まさか、藤巻が香山さんを拉致したとでも……」

黒田は周囲を見回した。谷口は、はっとした。地下鉄のホームでする話ではない。

黒田が言った。

「とにかく、布施を待とう。あいつがいれば『ライザ』での話もスムーズに行くかもしれないしな……。改札を出たところで、待ち合わせをした」

黒田が歩きだした。谷口はそれについていった。

改札を出て、二人は壁際に立った。それから五分ほどすると、布施がやってきた。電車で来たのではないようだ。おそらく、乃木坂にあるTBNから歩いてきたのだろう。

たしかに布施は、いつもと雰囲気が少しばかり違っていた。彼は何が起きても慌てたりしないのではないかと、谷口は思っていた。

だが、その布施が顔色を失っているように見える。

二人を見ると布施が言った。

「彼女の自宅に行ってみようと思ったけど、黒田さんが六本木にいると聞いて、まず話を聞いてもらおうと……」

黒田がこたえる。

「わかった。とにかく、地上に出よう」

階段を上ると、六本木交差点だ。黒田が言った。

「俺たちは『ライザ』に行って、篠田麻衣の住所か連絡先を訊こうと思っていたんだ」

布施が言う。

「それなら、俺が知っています。この時間だと、出勤前だし、客との同伴が入っているかもしれない。先に、香山さんの家に行ってみましょう」

布施はタクシーを捕まえようと、車道に一歩踏み出した。

その隙に、谷口はそっと黒田に尋ねた。

「同伴って、いっしょに食事をすることですよね」

「ああ。客を店に引っ張る手段だ。ホステスには同伴ノルマがあったりする」

「はあ……」

布施がタクシーを捕まえたので、谷口たちもいっしょに乗り込んだ。布施と黒田が後部座席で、谷口が助手席だった。

行き先は南青山（みなみあおやま）だった。骨董（こっとう）通りでタクシーを降りた。そこから歩いて三分ほどのマンションの前で、布施は立ち止まった。

谷口が思わずつぶやいた。

「ここに香山恵理子さんが住んでいるんですね？」

布施は玄関のインターホンで部屋番号を押している。オートロックなので、部屋から解錠してもらわないと玄関から中に入れない。

「だめです。返事がありません」

「管理人もいないようだな……」

管理人室の窓口は閉まっていた。連絡先の電話番号が書いてある。

黒田が谷口に言った。

「電話してみろ」

「はい」

電話すると、相手は警備会社の名前を言った。

「あ、警視庁の谷口と言いますが、南青山のマンションについて……」

谷口はマンションの名前を告げた。

「警視庁……？　そのマンションが何か……」

「住人のことでちょっと……。部屋を訪ねたいんで、玄関を開けてほしいんですが……」

「ちょっとお待ちください」

電話が保留になった。再びつながると、別の声がした。

「お電話代わりました。家宅捜索ということですか？」

「そうじゃありません。失踪（しっそう）の届けがあったので、所在を確認したいんです」

「はあ……。そういうことでしたら……。そうですね、十五分ほどで行けると思います」

十五分は長いが、仕方がない。

「わかりました。お願いします」

電話を切り、それを伝えると、黒田が顔をしかめた。

「十五分だって？　これが非常時だったらどうするつもりだ」

「待つしかないですね」

そのとき、玄関のガラス戸が開いて、中から人が出てきた。布施が、その隙にするりと中に入る。

谷口は思わず、「あっ」と言った。

布施が戸口に立っているので、ガラス戸は開きっぱなしになっている。黒田が無言で進んだ。二人とも、警備会社の到着を待つつもりはないようだ。谷口も二人に続いた。

エレベーターで五階まで昇り、部屋の前に来ると、布施がドアチャイムのボタンを押した。さらに、ドアノブを回してみる。

返事はないし、施錠されている。

「いないみたいだな……」

黒田の言葉に、布施が言った。

「ドアを破ったりできないんですか？　アメリカの警察みたいに……」

「ばか言え。そんなことをしたら、器物損壊で捕まっちまうぞ」

「警察官でしょう」

「令状がなければ、警察官だって勝手に部屋に足を踏み入れることはできない」

「中で香山さんが軟禁されているかもしれないし、死んでいるかもしれないんだ」

黒田は無言でドアを睨んでいた。

谷口は言った。

「これは、緊急避難に当たるんじゃないですか？」

黒田は苛立たしげに言った。

「そう思うんなら、警備会社のやつから、合い鍵を借りてこい」

「はい」

谷口はエレベーターに向かいながら思った。

なんだ、結局、警備会社の到着を待たなければならないんじゃないか。

玄関のガラス戸の内側でしばらく待っていると、警備会社らしい制服を着た男がやってきた。もう老人と言ってもいい年齢だ。おそらく再雇用だろう。

「あれ、中に入れたんですか？」

警備会社の職員は言った。谷口はこたえた。

「ええ、まあ……。それより、急いでください」

「え？　何です」

「部屋の合い鍵は持ってますよね？」

「持ってますが……」

谷口は、警備会社の職員を連れて、エレベーターに乗り、恵理子の部屋の前に戻った。

黒田が警備会社の職員に言った。

「これから、部屋を開けていただきますが、これは、部屋の住人に危害が及ぶ恐れが極めて高いことから、緊急避難に当たる措置です。いいですね？」

警備会社の職員は目を瞬いた。

「なんだか知らないけど、部屋の鍵を開けろということかい？　その前に、ちゃんと手帳を見せてもらわないと……」

黒田が警察手帳を出し、開いてみせたので、谷口もそれにならった。

警備会社の職員が、布施を見て言う。

「そっちの人は？」

布施がこたえた。

「この部屋の住人の同僚です」

彼は、首から下げる社員証を取り出して見せた。

「本当は令状がないと部屋の鍵を開けたりしちゃいけないんだろう？　会社からそう言われているけどね」

　黒田が言った。

「ですから、緊急避難なんです。適法です」

　布施が言った。

「中で、香山さんが今にも死にそうな状態かもしれないですよ」

その口調は、何ということはない日常の出来事を告げるようだったが、警備会社の職員はたちまち険しい顔になった。

「わかった。鍵を開けるが、その後のことは、私は知らないよ」

　黒田が言った。

「いちおう立ち会っていただけると、助かります」

ドアが解錠された。

もし、事件があった場合、真っ先に感じるのは異臭だ。誰かが潜んでいる場合、攻撃される危険もある。

「香山さん。いらっしゃいますか？」

黒田が声をかけながら、最初に部屋に立ち入る。布施が入ろうとすると、黒田が言った。

「あんたはだめだ。住居侵入罪になる」

谷口が靴を脱ごうとして、黒田が土足のままなのに気づいた。襲撃や不審者の逃走にそなえているのだ。

谷口も靴を脱がずに部屋に上がった。黒田が用心して廊下を進む。途中にあるドアを慎重に開けてチェックしていく。トイレ、洗面所。そして、突き当たりがリビングルームのようだ。

黒田は、向こう側の気配を探るように、ドアに身を寄せた。そして、そのまま再び声をかける。

「香山さん。警察です。いらっしゃいますか？」

谷口も耳を澄ませる。まったく反応はない。黒田が谷口に手で合図した。壁際に身を寄せろという意味だと、谷口は理解し、そうした。

相手がもし、銃などを持っていた場合の用心だ。黒田が谷口の体勢を確認してから、ドアノブに手を掛けた。

次の瞬間、一気にドアを開けて部屋に突入した。

だが、何も起きなかった。テーブルの上に週刊誌や新聞が積まれ、適度に生活感のあるリビングルームだった。

黒田は、さらに進んで寝室も確認した。それから、リビングルームに戻り、緊張を解いた様子で言った。

「男の一人暮らしと違って、きれいなもんだな」

黒田は、そのままリビングルームを出て、玄関に向かった。谷口は、しばらく部屋の中を見回してから、黒田を追った。

黒田は、廊下にいる布施に言った。

「部屋には誰もいない」

「そうですか」

先ほどは、かなり焦っている様子だったが、今はもう落ち着いている。強い自制心の賜物（たまもの）だろうか、と谷口は考えた。

それは生まれ持ったものなのかもしれない。だとしたら、うらやましい。

黒田がさらに、布施に尋ねる。

「行き先に心当たりはないか？」

「ないですね。昨夜、番組が終わってからの足取りを確認しないと……」

黒田が警備会社の職員に言った。

「ここで見聞きしたことは、他言無用ですよ」

「そりゃ、警備保障の会社だからね。守秘義務とか、そういった心得は教育されているよ」

「けっこう。では、施錠してください。我々はこれで失礼します」

「ああ、わかった」

谷口たちは、エレベーターで一階まで降りて、玄関を出た。

そこで黒田が布施に言った。

「本当に緊急事態なのか？　今頃、局に顔を出しているんじゃないのか？」

「藤巻さんをあなどっちゃいけません。あの人は、なかなか怖い人ですよ」

「香山さんが姿をくらましたことと、藤巻が関係あるとは限らない」

「俺、そんなに楽観的じゃないんで……」

黒田はしばらく考えてから言った。

「俺は、赤坂署に応援を頼むから、あんたは局に戻って、昨夜の彼女の足取りを追ってくれ」

「わかりました」

「おい。篠田麻衣の連絡先と住所を教えろ。それで貸し借りなしにしてやる」

「失踪事件ですよ。貸しも借りもないでしょう」

「いいから、教えろ」

布施が携帯電話を取り出して、住所と電話番号を言った。谷口はそれをメモした。

黒田が言う。

「じゃあ、あとで連絡するから……」

布施は骨董通りのほうに駆けていった。

谷口は言った。

「……で、本当に赤坂署に行くんですか？」

「もちろんだ。もしかしたら、これが突破口になるかもしれない」

「突破口……？」

「おまえは、篠田麻衣のほうに行ってくれ」

谷口は驚いて言った。

「別行動ですか？」

警察官は基本的に二人一組で行動する。危険を回避するためとか、違法を避けるためとか、理由はいろいろある。

だが、黒田はそういうことにはこだわらないようだ。

「人手が少ないし、時間は限られている」

「了解しました」

「じゃあな……」

黒田が歩きだした。

さて、とにかく篠田麻衣に連絡を取ってみよう。

谷口は、電話をかけてみた。呼び出し音は鳴るが相手は出ない。やがて、呼び出し音も途切れる。向こうから切られたようだ。

電話に出られない事情があるか、あるいは知らない人からの電話には出ないようにしているか、どちらかだ。

再びかけてみると留守番電話に切り替わったので、谷口は言った。

「警視庁捜査一課の谷口と言います。お話をうかがいたいと思い、電話しました。また、おかけします」

電話を切り、彼女の住居に向かおうとした。布施から教わった住所は、港区南麻布五丁目だ。今、谷口がいる南青山から距離は近いが、地下鉄等のつながりがよくない。

タクシーを捕まえることにした。骨董通りに出て、空車を待っていると、電話が振動した。

「はい、谷口」

「本当に、警察の人？」

「あ、篠田麻衣さんですか？」

「そうだけど。警察が何の用？」

「あ、この番号は布施さんから聞きまして……。できれば、お会いしてお話をうかがいたいのですが……」

「あ、布施さんから……」

声のトーンが若干明るくなる。「変な勧誘とか、詐欺とかじゃないわよね」

「警視庁に電話して、確認してもらってけっこうです。捜査一課特命捜査対策室の谷口です」

「えー、長ったらしくて覚えられない。面倒臭いからいいです。それで、どうすればいいんですか？」

「これから、ご自宅をお訪ねしようと思うんですが……」

「今、出勤の準備中なんですよね……」

「同伴ですか？」

「同伴があったらとっくに出かけてますよ。残念ながら、今日はナシ」

「じゃあ、お店にお訪ねしましょう」

「あ、それだったら、同伴してくれます？」

「いやあ、客として訪ねるわけじゃないんで……」

「そっかあ……」

「お店には何時にいらっしゃいますか？」

「八時半には入ります」

「じゃあ、その時刻にうかがいます」

『ライザ』は、同じような店がいくつも入居しているビルの五階にあった。谷口は、八時半ちょうどに店を訪ねた。

「いらっしゃいませ」

黒い服を着た男性従業員が出迎える。

「あ、客じゃないんです」

谷口が警察手帳を出すと、とたんに相手の笑顔が消えた。

「何です？　手入れですか？」

「いや、そうじゃなくて、篠田麻衣さんにお話をうかがいたくて……」

「シノダマイ？」

「あ、お店ではレイさんでしたか……」

「ああ。レイさんね」

「本人には、あらかじめ連絡を取ってありますから……」

「ちょっと、待ってて」

しばらくすると、白いミニのドレスを着た若い女性がやってきた。

「警察の人？」

「そうです。電話した谷口です」

谷口は彼女にも警察手帳を見せた。「篠田麻衣さんですね？」

「そうです。何の話ですか？」

「実は叔母さんのことで……」

篠田麻衣は表情を曇らせる。

「叔母のこと……？」

「ええ。イベントサークルの幹部が亡くなったことについて、調べ直しているんですが……」

篠田麻衣の表情が変わった。真剣な眼差しになる。

「叔母のことについても、調べてくれるということ？」

「ええ。そういうことになると思います」

「叔母は、殺されたんです。罠に掛けられて……」

確信に満ちた口調だった。

「そのへんのことを、詳しくうかがいたいのです」

17

谷口は質問を始めた。

「叔母さんが罠に掛けられて殺されたって、どういうことでしょうか？」

「マルチみたいなやり方で会員を集めているイベントサークルに入っていたらしいわ」

「ＳＳですね？」

「そうね。そんな名前だったと思う。そこで、幹部に眼を付けられて、逃げられなくなったの」

「逃げられなくなった……？」

「会員を集めてステータスが上がると、サークル内でとてもいい思いができたらしい。でも、それは一時期のことで、上納金を維持するのがたいへんになってくるわけ」

「そのへんの話は聞いています。一度ステータスが上がると、後戻りはできなかったらしいですね」

「そう。かといって、そうそう会員を増やせるわけじゃない。結局、叔母はいろいろなバイトをすることになるんだけど、それでもお金が足りなかったらしい。売春までやらされたということよ」

「それで……？」

「サークルの幹部の言いなりになるしかなかったらしいわ」

「それは、叔母さんから直接聞いた話なんですか？」

「そんなわけないでしょう。叔母が死んだの、私がまだ五歳のときよ」

「ああ、そうでしたね……。じゃあ、その話は誰から聞いたんですか？」

「なんでそんなこと訊くの？」

「あ、えーと……。いろいろと調べなきゃならないので……」

「いろいろって？」

「これ、言っていいのかどうかわからないんですが……」

谷口は迷ってから言った。「SSの幹部で自殺した人がいたんですが、それが本当に自殺だったのかどうかを調べ直そうかと……」

「それと、叔母と何の関係があるの？」

「同じSSのことですし……」

「それだけ？」

谷口は、言い淀んだ。すると、篠田麻衣があきれたように言った。

「あなた、本当に刑事なの？」

「本当ですよ」

「刑事がそんなにうろたえてちゃだめじゃない」

「別にうろたえているわけじゃないですよ。いろいろと考えなければならないことがあるんで……」

「その自殺したって人、叔母とどういう関係だったの？」

「捜査情報は、洩らすわけにはいかないんです」

「別にこんなの、捜査情報でも何でもないでしょう。私の叔母の話なんですよ」

谷口はしばらく考えてから言った。

「お付き合いしていたそうです」

「お付き合い？　その人と叔母が？」

「ええ。ですから、玲子さんの死が、その幹部の死と何か関係があるのかもしれない、と……」

「私にその当時のことを尋ねても、無駄よ」

「でも、叔母さんは、罠にはめられて殺されたと、ずいぶんはっきりと言いましたよね」

「事情は知ってるから……」

「もう一度訊きます。誰からその話を聞いたんですか？」

「布施さんから、私のことを聞いたって言ったわよね」

「ええ、そうです」

「叔母のことも、布施さんから聞いたの？」

「三ヵ月くらい前に、あなたから話を聞いたと言っていました」

「そうね。そうだったと思う」

「質問にこたえてくださいよ」

「叔母の話を誰から聞いたかってこと？」

「そうです」

「遠藤明子って人」

「『ハーフムーン』のママですね？」

「あら、知ってるの？」

「昨日、行ってきました。布施さんもいっしょでした」

「明子ママもSSのメンバーだったのよ」

「ええ、知っています」

「なら、私に話を聞くより、明子ママから聞いたほうが手っ取り早いでしょう」

「もちろん遠藤明子さんからも話はうかがいました」

「私に何を訊きたいわけ？」

「ご存じのことなら、どんなことでも……」

「叔母についてのことは、明子ママから聞いたのよ。だから、明子ママが知っている以上のことは、私は知らない」

「誰が叔母さんを騙したのか、ご存じですか？」

「明子ママから聞いて知っているわ」

「それは誰ですか？」

「藤巻清治」


午後七時半過ぎに、布施が報道局に戻ってきたので、鳩村は尋ねた。

「どこに行っていたんだ？」

「黒田さんたちと、香山さんの行方を追っていたんですよ」

「それで……？」

「マンションにはいませんでした。昨日のオンエア後の足取りをつかもうと思いまして……」

それを聞いていた鳥飼が言った。

「いつものように、すぐに帰宅したはずだよ」

「タクシーですか？」

「ああ。いっしょに局を出て、彼女がタクシーに乗るのを見た」

「その後のことは、わからないんですね？」

「わからない。気にしたこともないからな」

栃本が言った。

「オンエア終了が、午前零時半やからね。それから遊びに行くのは、布施さんくらいなもんやない？」

布施が言う。

「マンションで一人暮らしだから、今日の行動は誰にもわかりませんね」

鳥飼が言った。

「本当に一人暮らしなのかね。男がいっしょに住んでたりして……」

布施がかぶりを振る。

「そういうことはなさそうですね」

鳩村は布施に尋ねた。

「それで、これからおまえはどうするつもりだ？」

「何か手がかりがないか調べます」

「もうじき、二回目の会議だぞ」

「別に俺がいる必要はないでしょう」

「ばかを言うな。会議には全員出席が原則だ」

「パスします。何かあったら、知らせます」

そう言うと、布施は出入り口に向かった。鳩村はその背中に声をかけた。

「あ、おい、待て。会議の頭だけでも出席しろ」

「意味ないです」

そんな声が返ってきて、布施は報道局を出ていった。

鳩村は忌々しげに言った。

「まったく、あいつは……」

鳥飼が言った。

「香山君が心配なのは、私たちも同じだ。布施ちゃんと同じ気持ちだよ。私だって番組がなければ飛び出していきたいと思っているんだ。布施ちゃんが動いてくれていると思うと、少しは気が楽になる」

「そやね」

栃本が言う。「私もそう思いますね」

鳩村は言った。

「素人が捜査の真似事をしても役に立ちません。布施は黒田さんに伝えたようですから、あとは警察に任せればいいんです」

　鳥飼が肩をすくめた。

「だけど、布施ちゃんなら、何とかしてくれる。そんな気がするんだよ」

　鳩村は、時計を見てから言った。

「そろそろ八時です。会議を始めましょう」

　二度目の項目表を配る。会議の参加者は三人だけだ。恵理子は、八時の会議にもやってこなかった。

　項目表の確認が終わると、栃本が言った。

「このまま、香山さんが来いひんかったら、キャスターは鳥飼さんお一人ちゅうことになりますか？」

　鳩村は言った。

「オンエアまでに現れることを祈るね」

「そやけど、スタッフとしては、最悪のことを想定しておかんと……」

　鳥飼が言った。

「私一人でもやれないことはないが、画面的には淋しいな」

　栃本が言う。

「一人でオンエアなんて、そら、えらいことですよ。急にそんなことになったら、不祥事やないですか」

　鳩村は「不祥事」という言葉に、どきりとした。

　油井局長との会話を思い出していた。油井局長は、『ニュースイレブン』を守ると言いながら、「よほどの不祥事でもなければ」という条件をつけていた。

　不祥事と聞いて、真っ先に布施のことを思い出したのだが、まさか、こんな落とし穴があるとは……。

　鳩村は言った。

「不祥事ということはないだろう。もし、香山君が何かの事件に巻き込まれていたとしたら、不可抗力だ」

　鳥飼が顔をしかめた。

「事件に巻き込まれたとは思いたくないね」

　鳩村は言った。

「もちろんです。万が一の話です」

「だがね、栃本君が言うとおり、最悪の事態に備えておく必要はあるね」

　鳩村はうなずいた。

「わかりました。考えておきます。しかしまだ、オンエアまでには時間があります。香山君が九時の会議にも現れなかったら、そのときに改めて話し合いましょう」

鳥飼が「わかった」と言った。

それからは誰も恵理子のことを話題にしなかった。そして、気がつけば午後九時だ。最終会議の時間だった。

恵理子も布施も姿を見せない。

栃本が言った。

「どないしましょう……」

「どうもこうもない」

鳩村は言った。「決定の項目表ができてるから、確認してくれ」

事務的に、取り上げるニュースのチェックをしていく。使用する映像の確認、そして、鳥飼にコメントの指示……。

番組終わりの「プレイバックトゥデイ」は完パケ映像だが、その内容を確認すると、ルーティンの作業は終了した。

それを待ちかねたように、栃本が言った。

「やっぱり香山さんは……」

それを受けて、鳥飼が言った。

「こうなったら、私が一人でやるしかないな。腹をくくるか」

鳩村は、二人の顔を交互に見ながら言った。

「実は、考えていたことがあるんです」

鳥飼が、眉をひそめて聞き返す。

「何だ？」

「栃本君がサブキャスターをやってはどうでしょう？」

「何言いますの」

栃本が目を丸くした。「私にキャスターが務まるはずないやないですか」

「関西人の強みを活かしてくれ」

「無茶言わんといてください。関西人をなんやと思うてるんですか」

「ＫＴＨでは活躍していたんだろう？」

「私は裏方です」

「普段の調子でやってくれればいいんだ」

二人のやり取りを聞いていた鳥飼が言った。

「面白いかもしれない」

「そんな……」

栃本が言う。「鳥飼さんまで」

鳥飼がこたえた。

「こうなりゃ、何でもやってみるしかないさ。ニュースに関しては、私がちゃんと責任を持つから、栃本君は適当に絡んでよ。KTHの乗りでいいから」

「いや、KTHの乗り、て……」

鳩村は言った。

「『ニュースイレブン』の数字を上げるために、関西からやってきたんだろう？　ここで一働きしてもらおうじゃないか」

栃本は、目をぱちくりさせて鳩村と鳥飼を見ていた。やがて彼は、何かを諦めたように溜め息をついた。

「わかりました。私も腹をくくりますわ。やらせてもらいましょう」

鳥飼が鳩村に言った。

「このまま、香山君が降板、なんてことにはならないだろうね」

そうなったら、『ニュースイレブン』は、いよいよ危ないだろうな。鳩村は、そう思いながらこたえた。

「降板はないと思いますが、それは私が決められることではありませんね。もっと上の人が決めることです」

鳥飼はうなずいただけだった。

栃本はもう一度、最終の項目表を見つめている。自分がキャスターをやることになったので、改めて項目を頭に叩き込んでいるのだろう。
栃本にサブキャスターをやらせるというのは、苦肉の策だ。おそらく数字は取れない
だろう。だが、恵理子の穴を埋めるべく、最大限の努力をしなければならない。
やるべきことはやる。あとは神のみぞ知る、だ。
鳩村は言った。
「では、今夜もよろしくお願いします」

谷口は、黒田と電話で連絡を取り、赤坂署で落ち合うことにした。
午後八時五十分に『ライザ』を出て、地下鉄で青山一丁目へ向かう。赤坂署に着いた
のは、午後九時十分頃のことだった。
黒田は強行犯捜査係におり、強面の誰かと話をしていた。見たところ親しそうだ。古
い付き合いなのかもしれないと、谷口は思った。
黒田が谷口の姿を見ると、右手を上げて言った。
「よう。六本木のクラブはどうだった？」
「飲みに行ったわけじゃないんですよ。仕事前に、篠田麻衣から話が聞けましたが、彼
女が篠田玲子について知っていることは、遠藤明子から聞いたことだと言っていまし
た」

「ふうん……」

うなってから、黒田は谷口を強面の男に紹介した。

「こいつ、谷口と言います」

強面が言った。

「ペアか?」

「ええ、まあ、そういうことになります……」

「谷口、こちらは赤坂署強行犯係の鯉沼係長だ」

谷口が頭を下げると、鯉沼は「よろしくな」と言った。

黒田が言った。

「今、動ける人を動員して、香山さんの自宅マンションや、TBNの周辺で聞き込みをやってもらっている」

鯉沼係長が言った。

「何度も言うが、黒田よ。誘拐の恐れがあって、しかも有名人となれば、これは本部の特殊班の事案だぞ。だいたい、おまえは本部の人間じゃないか」

黒田が言う。

「もうちょっと調べてみましょう。今本部に送ると、話がでかくなりそうです」

「あのな、人気ニュースキャスターが誘拐されたかもしれないというのは、充分に大事なんだよ」

「そう言っているのは、TBNの記者一人だけなんですよ」

「だが、実際にキャスターは姿を消しているんだろう?」

「その記者に連絡を取ってみます」

黒田が電話を取り出してかけた。話の流れから、相手は布施だということがわかった。

相手の返事を待っているらしい。

やがて黒田が言った。

「今、どこにいるんだ?」

それからしばらく相手の言葉に耳を傾けている様子だった。やがて、彼は「わかった」と言って電話を切った。

鯉沼係長が黒田に尋ねた。

「どうなってるんだ?」

「記者によると、昨夜、香山恵理子は番組終了後、すぐに自宅に戻ったようですね」

「だが、今日は自宅マンションには姿はなかった……」

「はい」

「ふうん……」

鯉沼係長が考え込む。黒田が言った。

「『ニュースイレブン』の最終会議は午後九時だそうですが、その会議にも香山恵理子は現れなかったということです」

「オンエアは、十時五十五分だな」

「ええ」

「キャスターが番組をすっぽかすなんて、よほどのことだな」

「だから、記者が慌てているんだと思います」

「今は、手の空いている者を動かしているだけだが、オンエアにも姿を見せないとなると、もっと本格的な捜査が必要になってくるな……」

「お願いします。自分らは、別の方向から調べてみますので……」

「別の方向？　それは、何のことだ？」

「藤巻清治です」

鯉沼係長が眉をひそめた。

「聞き覚えがあるな。誰だっけな……」

「最近何かと話題になっているIT長者です」

「ああ……。その藤巻が関係あるのか？」

「その可能性があるんです。もし、何かつかめて、彼の身柄を押さえられたら御の字なんですよ」

あ、と谷口は心の中で声を上げた。

黒田が言った「突破口」というのは、そういうことだったのか。

どんなに疑わしくても、現段階では藤巻に手は出せない。今回の香山恵理子失踪事件に彼が絡んでいるという確証が得られれば、身柄を押さえることができる。

そうすれば、じっくりと取り調べもできるというものだ。

「では、自分らはこれで……」

黒田が言うと、鯉沼係長が応じた。

「ああ。何かあったら、知らせる」

18

赤坂署の玄関を出ると、谷口は黒田に言った。

「あんなことを言って、よかったんですか?」

「あんなこと?」

「藤巻のことです」

「ああ……」

「藤巻は現時点では、被疑者でも何でもないんです」

「悪いことをしたやつが野放しになっている。俺はそういうのが許せないんだよ」

「だからって……」

「藤巻のことを伏せたまま、協力を頼んでおいて、もし藤巻逮捕、なんてことになったら、赤坂署の連中はどう思う?」

「そりゃあ……」

谷口は考えてから言った。「うまく利用されたと思うでしょうね」

「鯉沼係長は腹を立てて、今後二度と俺に協力してくれなくなるかもしれない。それだけじゃないぞ。いつ異動があって、鯉沼係長が上司になるかわからないんだ。だから、怨みを買ったり、借りを作ったりはなるべくしないほうがいい。それが警察ってもんだ」

「はあ……」

「わかったら、ちょっと待ってろ」

黒田は再び電話を取り出してかけた。

「ああ、布施か。たびたびすまんな。この時間、藤巻がどうしてるか知らないか？　なに？　いっしょにいる？　俺たちも行くから、場所を教えろ」

電話を切ると、黒田が谷口に言った。

「六本木だ。急ぐからタクシーで行くぞ」

谷口は、車道に出て空車を捕まえた。

黒田が向かったのは、外苑東通りに面したビルだった。ミッドタウンの近くだ。そのビルにあるクラブで、黒田は布施の名前を言った。

すぐに席に案内された。そこには、布施だけではなく、藤巻の姿もあった。

藤巻が黒田と谷口を見て言った。

「おたくら、何？」

それにこたえたのは、布施だった。

「彼らは俺の友達ですよ」

それから、黒田に言った。「まあ、座ったらどうです？」

布施は、落ち着いていた。先ほどまでの動揺が嘘のようだ。この変化はどういうことなのだろうと、谷口は考えた。

香山恵理子の消息がつかめたのだろうか。あるいは、その手がかりが……。

藤巻が言った。

「俺、知らない人と飲むの、嫌なんだけど……」

布施が言う。

「いいじゃないですか。けっこう面白い人たちですよ」

「どういう人なの？　テレビ局の人には見えないけど……」

「刑事です」

布施の言葉に、藤巻の表情が変わった。いきなり、興味津々だ。

「え？　警察の人？」

「そう」

布施が言う。「警視庁本部の捜査一課ですよ」

「へえ……。俺、本物の刑事とかに知り合いがいないんだ。いろいろなところに人脈があるけど、警察官はいないなあ」

黒田と谷口が席に着くと、ホステスが布施か藤巻のボトルからグラスにウイスキーを注ぎ、二人に水割りを作ってくれた。

それを一口味わうと、黒田が言った。

「総理と知り合いなんだから、警察官なんてたいしたことないでしょう」

「いやいや、警察ってのはなかなか興味深い組織だよ」

黒田は布施に言った。

「それで、その後、どうなんだ?」

「局に電話してみたけど、まだ姿を見せないそうです」

その会話を聞いて、藤巻が言った。

「それ、香山恵理子のこと?」

黒田がうなずく。

「ええ、そうですよ」

谷口は、男たちの間に座っているホステスが気になっていた。彼女らに話を聞かれてしまう。だが、黒田は気にしていない様子だ。

藤巻が言う。

「布施ちゃんから聞いたよ。姿が見えないし、連絡もないんだって?」

黒田が言った。

「どうやら、布施さんも、俺と同じことを考えたようですね」

藤巻が面白そうに聞き返した。

「どういうこと?」

「あなたが、香山さんの行方をご存じなんじゃないかということですよ」

藤巻が笑った。

「なんでそんなことを考えたんだろうな」

「なんでも、あなた、香山さんにかなりご執心だったそうじゃないですか」

「わが社にスカウトするつもりだったけどね。それで犯罪者扱いなわけ?」

「犯罪者扱いだなんて、とんでもない。何か心当たりがあるんじゃないかと思っただけですよ」

藤巻が布施を見て言った。

「いやあ、彼は面白い人だねえ。実に愉快だ」

「そうでしょう。俺もそう思いますよ」

藤巻が時計を見た。

「もっと話をしていたいんだけど、この後用事があるんだ。これで、失礼するよ」

黒田が尋ねた。

「どちらに行かれますか？」

「いやあ、それは秘密だよ」

藤巻は立ち上がった。「じゃあね」

そのまま出入り口に向かう。

「勘定はしないんですかね」

谷口が言うと、黒田がこたえた。

「請求書を送ってもらうんだよ。そんなことより、尾行したいんだが……」

布施が言った。

「行ってください。俺たちの分も藤巻さんにつけておきますから……」

黒田がうなずいてから、谷口に言った。

「行くぞ」


藤巻を見失うのではないかと、谷口は心配していたが、それは杞憂だった。外苑東通りに出ると、彼は歩道にたたずんでいた。

やがて、彼の前に黒塗りのセダンが停車した。スライドドアが開くと、藤巻はそのセダンに乗り込んだ。

黒田は、すぐにタクシーを拾った。乗り込むと、警察手帳を見せて運転手に告げる。

「あの黒い車を尾けてくれ」

ドラマでは見たことがあるが、実際にやるのは初めてだなと、谷口は思った。

仕事の邪魔なので、運転手がどんな反応を示すか気になったが、案外悪い対応ではなかった。彼は、一言「わかりました」と言うと、車を出した。

藤巻が乗った車はすぐに右折して、一方通行の小路に入っていった。外苑東通りからは、六本木交差点で右折できないので、抜け道として使われる道だ。

細い路地を抜けて、やがて車は六本木ヒルズの前の交差点に出る。そこを右折して渋谷方面に向かった。

黒田は何も言わない。タクシーの中の会話は危険だからだろう。運転手はよく客の会話を聞いているし、ドライブレコーダーに記録される。

クラブのほうが安全だと、黒田は考えているのだろうか……。

「車が停まりますね……」

運転手が言った。黒田がこたえる。

「怪しまれないように、通り過ぎてから停車してくれ」

それから、谷口に言った。「見失うな」

「はい」

谷口は、黒いセダンから眼を離さずに、タクシーを降りた。車から藤巻が降りてくるのが見えた。彼の車はそのままどこかに走り去る。

駐車場にでも入れるのだろう。あるいは、駐禁の切符を切られないように、少しずつ移動しながら路上駐車をしているのかもしれない。

黒田が、無言で尾行を開始した。谷口はそれに従う。藤巻に、まったく周囲を気にする様子はない。のんびりした足取りで、六本木通りに面したビルに向かう。

どうやらそこは、マンションのようだった。黒田と谷口もその建物に入った。

玄関の奥がエレベーターホールになっている。そこに藤巻が立っていた。

「やあ、刑事さん。何か用ですか？」

黒田が渋い顔になって言った。

「どこに行くのか、興味がありましてね……。秘密だとおっしゃったので……」

藤巻は笑った。

「秘密ですよ。会員制のバーなんですがね……。芸能人とかも来ますので……」

「ほう……。会員制のバー」

おそらく黒田は自分と同じことを考えていると、谷口は思った。

その会員制のバーとやらに、香山恵理子が監禁されているのではないだろうか。

マンションの一室にあるバーなど、いかにも怪しげだ。芸能人も来ると藤巻は言ったが、もしかしたら薬物の売買なども行われているのではないだろうか。

　エレベーターがやってくると、藤巻が黒田に言った。

「せっかくだから、刑事さんたちも寄っていかない？」

　黒田が言った。

「言われなくても、そのつもりだった。中を確認させてもらう」

　藤巻がエレベーターに乗った。

「さあ、乗ってよ」

　黒田と谷口がエレベーターに乗ると、藤巻が言った。

「名前を知らないと不便だな。教えてくれる？」

　黒田が名乗り、さらに谷口を紹介した。藤巻がうなずいたとき、エレベーターが三階に到着した。

　マンションのドアが並んでいる。ドアの上に防犯カメラがついている部屋があった。藤巻がその部屋の前に立ち、ドアチャイムを鳴らした。

　解錠する音がしてドアが開いた。鍵がかかっていたのだ。名ばかりの会員制とは違うようだ。

　中は薄暗かった。カウンターがあり、奥にいくつかボックス席がある。造りはいたって普通のバーだった。

「藤巻さん、いらっしゃい」

ドアを開けた男が言った。黒いスラックスに黒いシャツだ。すらりとしていて洗練されているように見えるが、どこか剣呑(けんのん)な感じがする男だ。

「マスター。この人たち、刑事さんなんだよ」

マスターと呼ばれた男は、驚いた様子もなく言った。

「そうですか」

「なんだか知らないけど、人を捜しているらしいんだ。どうやら、俺がその人を軟禁していると思っているらしい」

黒田が言った。

「俺はそんなことは言ってませんよ。心当たりはないかと訊いただけです」

「でも、疑っているだろう」

「ええ、まあ」

藤巻がマスターに言った。

「だからさ、店の中を見せてやってほしいんだ」

マスターが言った。

「もちろん、かまいません」

他にも客がいるようだが、マスターは気にしない様子だ。

黒田がマスターに言った。

「では、案内してもらおう」

「案内も何も、ご覧のとおり狭い店ですよ」

黒田はまず、トイレに向かった。谷口もいっしょに中を確認する。トイレには誰もいなかった。

続いて、黒田は「プライベート」と書いてあるドアを開けた。その先は事務所兼倉庫のようだった。ロッカーなども並んでいる。

黒田がマスターに言った。

「ロッカーを全部開けてくれ」

「どうぞ。鍵はかかっていませんよ」

三つあるロッカーを全部開けた。店員の私物らしいものと衣類が入っているだけだった。もちろん、中に人はいなかった。

その他に店の中に人を隠すスペースなどなかった。最後に黒田は、カウンターの中に入った。カウンターの内側にも人を隠す場所はない。

藤巻はカウンターのスツールに腰を乗せ、言った。

「気が済んだら、一杯やっていきなよ」

黒田が言った。

「そうだな。迷惑をかけたんだから、ただで帰るわけにはいかないな。ビールをくれ」

マスターが言った。

「銘柄は？」

「サッポロビールがあれば……」

「かしこまりました。そちらのお客様は？」

谷口のことだった。

「あ、じゃあ、自分も同じものを……」

ビールはサーバーではなく、瓶で出てきた。黒田はビールをグラスに注いで、一口だけ飲んだ。谷口も真似をした。

「しかし、刑事さんもたいへんだね」

藤巻が言った。「こんな時間まで仕事とは……」

黒田が言った。

「ビールを飲んでいるのが見えませんか？　もう仕事の時間は終わりです」

「飲みながらも仕事してるんじゃないのか？　日本人ってのは、そういうのが多いよね。接待とか営業とか、飲みながら仕事をしようとする。その点、布施ちゃんは珍しいよね。あの人、遊ぶときは徹底して遊ぶんだ。見ていて気持ちがいいくらいだ」

「へえ、そうなんですか」

黒田が言う。「あまりいっしょに飲んだことがないので……」

『かめ吉』で会うのは、いっしょに飲むうちに入らないようだ。

「そうなんだよ。あの人は不思議な人だね。知らないうちに、こっちの懐に入り込んでいる。近づいてくるような素振りはまったく見せないのに……」

「なぜか、こちらから声をかけたくなるんですよね」

「そうそう。そうなんだよ。まったく、不思議だ」

「ところで、せっかくなので、一つうかがいたいのですが……」

「あ、やっぱり仕事するんじゃないか」

「いえ、世間話です」

「刑事が相手じゃ世間話にはならないだろう」

黒田はかまわず続けた。

「『渋谷エンタープライズ』の芦沢さんをご存じですね？」

「芦沢……。ああ、知ってるよ。学生のときからの知り合いだ」

「正確に言うと、あなたは大学生だったけど、芦沢さんはそうじゃなかったですよね」

「そんなことはどうでもいいだろう。俺が学生の頃からあいつのことを知っているということだ」

「学生時代から、ずっとお付き合いが続いているということですか？」

「ああ、そうだよ。若い頃からの友人というのは、大切なもんだ。そうだろう」

「芦沢さんは、そうはおっしゃっていませんでした」

「そうなの？」

「ええ。十年ほど前に突然、あなたのほうから連絡をされたのだ、とか……」

「そうだったかな。よく覚えていないな……。俺、そういうこと、あんまりこだわらないんだ。芦沢がそう言ってるのなら、そうなんだろう」

「芦沢さんは、あなたの会社の顧客なのですね？」

「そうだよ。あいつ、けっこういい思いをしてるんじゃないのかな。それで会社もやっていけてるんじゃないの」

「六本木の『ハーフムーン』というスナックはご存じですか？」

「ああ、知ってるよ。明子がやっている店だろう」

「遠藤明子さんをご存じなんですね？」

「知ってるよ」

「どういうご関係ですか？」

「彼女も学生時代からの知り合いだ」

「……ということは、芦沢さんと遠藤明子さんもお知り合いということですね？」

「ああ。知っていただろう」

「それも妙ですね。遠藤さんは、芦沢さんのことをご存じないとおっしゃいました」

「へえ、そうなの。当然知っていたと思っていたけど、じゃあ、つながっていなかったんだね」

黒田は藤巻を見据えて言った。

「どうも、誰かが嘘をついているようですね」

「そうかい。でも、それは俺じゃないよ」

藤巻は涼しい顔をしている。

「最後にもう一度お尋ねします」

「何だ？」

「香山恵理子さんの居場所に、心当たりはないんですね？」

「ないよ」

彼はまったく動じない。

黒田が勘定を払い、出入り口に向かった。谷口は無言でそのあとを追った。

19

ヘッドラインが入り、『ニュースイレブン』が始まった。すぐに確定CMが入る。

いつもは報道フロアにいることが多い鳩村だが、今日は副調整室にいた。何年も番組に携わり、何度もこのオープニングを見てきた。

だが、今日ほど緊張したことはなかったかもしれない。

CMが明けて、いつものスタジオの画面だが、『ニュースイレブン』の人気のかなりな部分を担っている香山恵理子の姿がない。

彼女の席に座っているのは、冴えない中年男だ。

鳥飼が、「体調不良のため」香山がお休みをいただく、と説明し、お詫びの言葉を述べた。そして、栃本を紹介する。

栃本は、関西弁全開で挨拶をする。普段、鳩村たちと会話をしているときよりも、関西弁がきつい。

自分の役割を自覚しているなと、鳩村は思った。さすがは、関西で活躍したテレビマンだ。周囲が自分に求めているものを、ちゃんと心得ている。

鳥飼が政局のニュースを読むと、「これ、あかんやろ」とか、「あほちゃうか」とか、正統派のニュース番組である『ニュースイレブン』では、これまで聞かれなかったコメントを連発する。

かと思うと、かなりシリアスな意見を述べるのだが、それが関西弁のフィルターにかかると、ずいぶんマイルドな印象になる。

鳥飼とのやりとりはかなりうまくいっている。だが、それが視聴者に受け容れられるとは限らない。香山恵理子の美脚を眺めることを楽しみにしている視聴者も少なくないのだ。

案の定、番組開始からしばらくすると、局の電話が鳴りはじめたという。

副調に直接電話が入るわけではないが、そういう異変はすぐに伝えられる。

ディレクターが言った。

「大半は、香山はどうした、という電話のようです」

鳩村はメインモニターを見つめながら言った。

「そうだろうな」

ディレクターがさらに言った。

「栃本さん、けっこうやりますね」

「KTHでは、敏腕のデスクだったんだ。だから、油井局長が引っ張ったわけだ」

「香山さんがいないと聞いて、どうなるかと思いましたが……」

まだスタッフには事情を説明していない。鳥飼が言った「体調不良」が公式の理由だ。だが、そんな言い訳がいつまでも通用するわけがない。

そのうちに、油井局長が怒鳴り込んでくるのではないかと、鳩村はひやひやしていた。

心配の種は油井局長だけではない。番組の評判そのものが心配だった。「夏休み」などと称して出演者が一定期間姿を消すことがある。

だが、突然に休むことはきわめて珍しい。出演者は、そういうことがないように、厳しく自己管理をしている。レギュラーのテレビ番組を持つというのはそういうことだ。

鳩村はディレクターに言った。

「今のところは何とかやれてるが、もし、栃本が失言でもしたら、とんでもないことになるぞ」

ただでさえ、視聴者の不満は募っているはずだ。栃本が何か怒りを買うような発言をしたら、局の電話とメールサーバーはパンクする。

「そうですね……」

鳩村の心配性が伝染したのか、ディレクターも不安そうな顔になった。

恵理子の不在以外では、番組はつつがなく進んだ。栃本のコメントは、短いものが多いし、それほど頻度が高くはないが、いいタイミングで入り、いくつか印象に残るものもあった。

先の災害で、断水している地域に自衛隊の給水車が到着したにもかかわらず、自治体の災害派遣要請がないということで、そのまま引き返したというニュースを、鳥飼が伝えた。

それに対して、栃本は怒りを露わに言った。

「何してんねん。助けてやらな。自衛隊は助けたくて駆けつけたんやないか。それが引き返さなならん悔しさ、わかってるんかいな。目の前から去っていく給水車を見送る被災住民の絶望、わかってるんか。役所は何のためにあるんや。制度は誰のためにあるんや」

このコメントを出したのが、午後十一時三十分頃。

その三分後のことだった。

「電話が殺到しているそうです。メールサーバーはダウン寸前です」

鳩村はその知らせにうろたえた。

「何だ？　何が視聴者を怒らせたんだ？」

「いや、どうもそうじゃないらしいです」

「そうじゃない？」

鳩村は眉をひそめた。「どういうことだ？」

「どうやら、共感を訴えるための電話のようです」

「共感……？」

「あの関西弁のオッサン、よく言った。まあ、そういった電話ですね」

鳩村は驚いた。

「苦情の電話じゃないのか？」

「最初は、香山さんはどうした、という声が多かったんですが、途中から栃本さんについての問い合わせだとか、支持する電話が増えてきました。メールでもそうです」

鳩村は、口をぽかんと開けてメインモニターを見た。栃本は飄々とサブキャスターをこなしている。

さすがにニュースは読めないが、ＶＴＲの紹介などはそつなくやっている。そうこうしているうちに、「プレイバックトゥデイ」の時間になった。

一日の出来事を完パケＶＴＲにまとめたコーナーだ。これが終われば、あとは番組終了の挨拶だけだ。

そして、午前零時半に確定ＣＭが入って番組が終わった。

鳩村がほっとしたのもつかの間だった。携帯電話が振動した。恐れていた電話だ。油井局長からだ。

「おい、どういうことだ。どうして香山が出ていないんだ」

「それは……」

「理由をすぐに説明しろ」

鳩村は、そっと周囲を見回した。

「ちょっと待ってください」

そう言って、副調整室を出た。周りに誰もいないのを確かめてから、鳩村は言った。

「香山君が失踪したのです」

「失踪……？」

「会議に現れないので、どうしたのかと思っていたら、オンエアにもやってきませんでした」

「バックレたのか？」

「事件に巻き込まれたのかもしれません」

「事件だって？」

鳩村は、もう一度周囲を見回した。

「もしかしたら、藤巻かもしれません」

「何だと……」

「いや、これは単なる臆測ですが……」

「藤巻が香山を拉致監禁しているとでも言うのか？」

「わかりません。今、知り合いの刑事が調べているということですが……」

「知り合いの刑事？」

「はい。警視庁捜査一課特命捜査対策室の黒田という刑事です。それと……」

「それと？」

「布施が行方を追っています」

　一瞬の沈黙。

　やがて、油井局長は言った。

「そうか。布施が動いているのか……」

　鳩村はその言い方が気になった。まるで布施が動いていれば安心だと言わんばかりの口調だった。

「まだ、黒田さんからも布施からも知らせはありませんが……」

「ＩＴ長者が人気ニュースキャスターを拉致監禁したとなれば、これはとんでもない特ダネだぞ。布施に期待しよう」

「自分の番組のキャスターのネタですよ」

「それがどうした。特ダネは特ダネだ。あ、割り込み通話だ。いったん切るぞ。香山のことで何かわかったら知らせてくれ」

電話が切れた。

鳩村はしばらく考えてから布施に電話してみた。

呼び出し音が鳴るが、布施は出ない。

鳩村は舌打ちした。

「まったく、記者が電話に出ないって、どういうことだよ」

再び、油井局長からかかってきた。

「はい、鳩村」

「電話は局からだった。大反響らしいじゃないか」

油井局長は興奮気味だ。

「大反響……？」

「栃本だよ。オヤジが二人並んで、何という画面だと思っていたが、意外なことに視聴者には受けたようだ」

「ああ、そうですね。電話ががんがん鳴っていたようです。メールも来ているらしいです」

「いやあ、こういうの怪我(けが)の功名というのかなあ……。あ、香山の行方がわからないのに、不謹慎かもしれないな。だが、とにかく、結果オーライだ。栃本を起用しようと言い出したのは誰だ？」

「私です」

「でかした」

ほめられるのはうれしいが、この場合はどうも微妙な気分だった。栃本を使ったのは苦肉の策だったのだ。何かの効果を見込んでいたわけではない。

油井局長がさらに言った。

「香山のことで、何かわかったら、夜中だろうが何だろうがかまわないから連絡をくれ」

「わかりました」

「もう一度言うぞ。よくやった」

電話が切れた。

鳩村は副調を離れ、報道フロアに戻った。すでにスタジオから鳥飼と栃本が戻ってきていた。

鳥飼が鳩村に気づいて言った。

「聞いたよ。電話が鳴りっぱなしだったんだって？」

「そのようですね」

「正直言って、一人でニュースを読むのはしんどかったけど、苦労しただけの甲斐があったというわけだ」

栃本は、気が抜けたような顔をしている。

「いやもう、私は、生のニュースショー出演なんて、こりごりですわ」

鳩村が言った。

「なかなか堂に入っていた。さすがは、KTHの敏腕デスクだ」

「デスクはデスクですよ。キャスターやありません。もう、ぐったりですわ。ほんまに終わってよかった」

鳥飼が言った。

「いやあ、関西弁の力はすごいね。何を言っても角が立たないし、それでいて印象に残る」

「同感ですね」

鳩村は言った。「たしかに、妙な効果があります」

「それ、偏見と違います?」

「いや、感心しているんだよ」

鳥飼が言う。「私が栃本君と同じような内容のコメントをしても、こんなに反響はない。いや、恐れ入ったよ」

「視聴者は、珍しいもん好きですからね」

栃本が言う。「ただそれだけのことや思いますけど……」

鳥飼が鳩村に言った。

「栃本君をレギュラーにしたらどうかね」

鳩村は驚いて言った。

「香山君が戻らないとお考えですか？」

鳥飼がかぶりを振った。

「そうじゃないよ。栃本君のコーナーでも作ればいいじゃないか」

栃本がぐったりした様子で言う。

「私はもうこりごりや言うてますやろ」

鳩村は言った。

「それはまた、改めて考えることにしましょう」

鳥飼が表情を引き締める。

「その後、布施ちゃんや刑事からの連絡は？」

「ありません。さっき、布施に電話しましたが、出ませんでした」

「まさか、布施ちゃんまで事件に巻き込まれたんじゃないだろうな」

「そんなことはないと思いますが……」

ただいい加減なだけだ。そう思いたい。

栃本が言った。

「もう一度かけてみたらどうです？」

鳩村は携帯電話を取り出し、かけた。

やはり呼び出し音は鳴るが、布施は出ない。十回以上呼び出し音を聞いてから、鳩村は電話を切った。

鳥飼が尋ねる。

「刑事の電話番号は知らないのか？」

「黒田さんの携帯ですね？　以前に教わった番号から変わったみたいで、私は知りません」

鳥飼が腕組みをする。

「オンエアに姿を見せないとなると、これはいよいよ事件に巻き込まれたと考えるべきだよね」

「そうですね……」

「正式に警察に届けたらどうだ？」

「黒田さんがちゃんと手配してくれていると思います」

「そうか……。ま、そうだろうな……」

鳩村は唇を咬（か）んで、つぶやいた。

「しかし、布施のやつは何をしているのだろう」

鳥飼が言った。

「私はもう少しここにいて、何か知らせがないか待ってみるよ」

栃本が言う。

「私もそうしようと思うてたところです」

鳩村は無言でうなずいた。

そうするしかないと、彼も思っていた。


それからしばらく、三人は口を開かなかった。鳥飼は、スマートフォンをいじっており、栃本はパソコンを開いている。

鳩村は報道フロアの中を眺めながら、思っていた。

こんなことをしていていいのだろうか。何かできることはないのか。

会議に出てこないだけなら、まだ楽観視する余裕があった。だが、オンエアをすっぽかしたとなると事情が違う。

鳩村は恵理子の携帯電話にかけてみた。電波の届かないところにいるか電源が入っていないのでかからないというメッセージが返ってくる。

間違いなくこれは非常事態だ。鳥飼が言うとおり、もう警察に頼るしかない。

鳩村は、そう覚悟を決めて油井局長に電話をした。

「どうした？　何かわかったか？」

「いいえ、そうではありませんが、警察に正式に届けようかと思いまして」

「もう届けてあったんじゃないのか？」

「いいえ。ただ、知り合いの刑事が事情を知っているというだけです」

「その刑事が必要なことをやってくれているんじゃないのか」

「そうかもしれませんが……」

「布施も動いているんだな？」

「ええ……」

「布施とその刑事は連絡を取り合っているのか？」

「そうだと思いますが、確認は取れていません」

「布施なら必要なことはすべてやっているはずだ」

そうだろうか……。そう思いながら、鳩村はこたえた。

「そうだといいですが……」

「間違いない。だったら、布施に任せるべきだ」

鳩村は、そのとき気づいた。油井局長は、正式な届けを出したくないのだ。もし、警察が表立って捜査を始めれば、ＴＢＮ以外のマスコミも気づく。

そうなると布施の特ダネの可能性が減る。油井局長はそれを避けようとしているのではないか。

「特ダネより、香山君の安全が優先です」

油井局長が、むっとした口調で言った。

「そんなことはわかっている。布施とその刑事に任せたいと言ってるんだ。彼らは事情を知っている。今さら警察の事情を知らない連中に知らせたところで、どうにもなるまい」

油井局長の言うとおりかもしれない。

「すいません……」

鳩村は咄嗟にそう言ったが、なぜ自分が謝ったのかわからなかった。油井局長が特ダネのことしか考えていないように思ったことを申し訳なく感じたのかもしれない。

「布施からまだ知らせはないんだな？」

「ありません。相変わらず、電話をかけても出ません」

「出るまでかけつづけろ」

「もしかして、布施も事件に巻き込まれたのかもしれません」

「刑事のほうはどうなんだ？」

「携帯電話の番号を知っているのは、布施だけなんです」

「なんとか調べられないのか？　デスクなんだから、警視庁に知り合いくらいいるだろう」

「わかりました。やってみます」

「いいか。こういうときほど冷静になるんだ」

「はい」

電話が切れた。

鳩村は、電話の中に入っている連絡先を調べて、知り合いの警察官を見つけた。若い頃からの知り合いで、今では警視庁でけっこう上の立場のはずだ。但馬(たじま)という名前だ。

携帯電話はまだ通じていた。相手が出ると、鳩村は事情を説明して黒田の携帯電話の番号を調べてほしいと頼んだ。

いったん電話を切り、待っていると、ほどなく電話が返ってきた。

「但馬だ。黒田の電話番号がわかった」

「すまんな。恩に着る」

鳩村は番号をメモした。

但馬が言った。

「しかし、香山恵理子が失踪とは……。番組を休んだのはそういう理由だったのか」

「他言は無用に頼む」

「もちろん、こういう場合のことはよく心得ている。誰にも言わない。何かあったら、また声をかけてくれ」

「ああ、そうする。じゃあ……」

電話を切った。そして、すぐに黒田にかけてみた。

20

谷口と黒田は、会員制のバーを出てから、ビルの陰に身を隠して張り込みを開始した。

一月の夜の張り込みはこたえる。

車を都合すればよかったと、谷口はつくづく思っていた。たちまち、体が芯から冷えてきた。足踏みしようが、手を擦り合わせようが、寒風が確実に体温を奪っていく。

しばらくして、黒田の携帯電話が振動した。

「はい、黒田……。なんだ、鳩村さんか……」

黒田は会話を続けたが、何か有力な情報があったという様子ではなかった。

やがて電話を切ると、彼は言った。

「布施と連絡が取れないということだ。呼び出し音は鳴るが、出ないそうだ」

谷口は、寒さに震えながら言った。

「まさか、ミイラ取りがミイラ、なんてことに……」

黒田は苛立たしげに舌打ちした。

「クラブで飲んで、酔い潰れているんじゃないのか」

「布施さんが酔い潰れるなんて、ちょっと考えられませんね」

「そうなんだよな……」

黒田も布施が何かに巻き込まれたのではないかと考えているのだ。

「どうします？」

谷口が尋ねると、黒田はもう一度舌打ちをした。

「どうもこうもない。俺たちはここを離れるわけにはいかない」

一度決めたら方針は変えない。黒田はそういう刑事だ。

せめて使い捨てカイロを持ってくるんだった。谷口はそんなことを考えていた。こういうときは時間がゆっくり過ぎる。ずいぶん長い時間が経ったと感じていたが、実際にはそうでもなかった。

午前零時四十分頃のことだ。誰かが、例の会員制バーのあるマンションの玄関に入っていった。

「あれ……」

谷口は言った。「今の、芦沢でしたよね」

黒田は玄関のほうを見つめたままうなずく。

「ああ、間違いない」

「藤巻に会いに来たということですよね」

「そうだろうな。ようやく動きがあったということだ」

ここから移動して、寒さから逃れることができるかもしれない。

谷口は密かにそんなことを考えていた。


電話を切ると、鳩村は鳥飼と栃本に言った。

「黒田さんと連絡がつきました」

「なんや。連絡先がわかるんなら、もっと早く電話してほしかったですね」

「冷静さを欠いていたようだ。知り合いの警察官に尋ねるという方法を思いつかなかったんだ」

鳥飼が尋ねる。

「それで……？」

「布施とは六本木で別れたそうです。今、藤巻を張り込んでいるというんですが……」

「香山君の行方については、依然として手がかりがないんだね？」

「黒田さんは、何も言っていませんでした」

「布施ちゃんとは六本木で別れたと言ったな」

「ミッドタウンの近くの『イクシー』というクラブで、藤巻といっしょに飲んでいたよりますが……」
　栃本が立ち上がった。
「行ってみましょ。六本木のクラブなら一時まで開いている。まだ少しだけ、時間はあ
ります」
　鳥飼と鳩村も腰を上げた。

「もう、お帰りになりましたが……」

『イクシー』を訪ね、社員証を見せて布施の同僚だと言うと、黒服が丁寧な口調で言っ
た。エレベーターを出ると、右手がクロークになっている。正面に黒服が立っていた。

　鳩村は尋ねた。

「いつ頃のことですか？」

「そうですね……。十時半頃のことだったと思いますが……」

「間違いありませんね？」

　黒服はクロークに向かい、何か尋ねた。それから改めて言った。

「確認しました。間違いありません。十時半頃のことです」

「藤巻さんや黒田さんがいっしょでしたね？」

「ええ。藤巻さまはその十分ほど前にお出になりました。別のお連れさまもその直後に

店を出られました」

黒田たちが藤巻のあとをつけたということだろう。

栃本が黒服に尋ねた。

「布施は、次にどこに行くか言うてまへんでしたか?」

「銀座に行くとおっしゃっていましたが……」

「銀座……? クラブのハシゴかいな」

「さあ、どうでしょう」

栃本が鳩村に言った。

「どうしましょう?」

黒服が言う。

「お飲みになりますか?」

鳥飼が言った。

「いや、今夜はやめておこう。また、布施ちゃんと来るよ」

黒服は軽くおじぎをした。

店を出ると、鳩村は言った。

「私はいったん局に戻ります」

すると鳥飼が言った。

「私もそうするよ。明日はオンエアもないしな」

栃本が言う。

「私も戻りますよ」

結局、何の成果もないまま、三人はＴＢＮの報道局に戻った。

鳩村はまた、布施の携帯電話にかけてみた。やはり呼び出し音は鳴るが、布施は出なかった。

鳥飼が鳩村に言った。

「黒田さんは、ちゃんと手を打ってくれているんだろうね」

「改めて届ける必要はないと言っていました。油井局長も同じ意見です」

「黒田さんを信用するしかないか……」

「私は、藤巻が香山君を拉致したのではないかと思っていたのですが、六本木で布施といっしょだったとなると、それはないということになりますか……」

「いや、わかりませんよ」

栃本が言う。「藤巻が自ら手を下すとも思えません。誰かにやらせたちゅうこともあります」

「そうだな」

鳥飼が言った。「藤巻が陰で糸を引いているのは間違いないと、私も思う」

栃本が言った。

「しかし、わかりませんな」

鳥飼が尋ねる。

「何がわからないんだ？」

「藤巻の目的です」

「香山君を手に入れたいんだろう」

「そんなむちゃくちゃな話がありますか。子供やないんやし……。拉致したからって、香山さんが、言いなりになるはずないやないですか」

鳥飼が言う。

「そりゃそうだな。拉致なんかしたら、自分の立場が危うくなるだけだ。藤巻は何を考えているんだろう」

鳩村はしばらく考えてから言った。

「藤巻は、どんな手を使ってでも目的を達成する男ですよ」

「そやからですね」

栃本が言った。「拉致監禁なんかしたら、その目的から遠くなるだけやないですか」

「常識的に考えるとそうだ」

「常識もへちまもないでしょう」

「いや、藤巻に我々の常識は通用しない」

　鳥飼が言った。

「俺も栃本君の言うとおりだと思うがね……。香山君を監禁したところで、どうしようもないだろう」

「今日、香山君が突然番組を休んだことは、間違いなく不祥事です」

「そりゃ、不祥事には違いないが……」

「そして今、『ニュースイレブン』は存続の危機を迎えています」

「大げさだな。だって、油井局長は、自分の眼が黒いうちは打ち切りにはさせないと言ったんだろう？」

「それには、条件がありまして……」

「条件……？」

「はい。よほどの不祥事がない限り、という条件です」

　鳥飼と栃本は顔を見合わせた。

　鳥飼が言った。

「この件は、油井局長が言う不祥事には当てはまらんだろう。油井局長はそれほど石頭じゃないはずだ」

「局長がどう思うかじゃないんです。世間がどう見るかなんだと思います。不祥事さえなければ存続、という油井局長の言葉は、つまりは世間から不祥事のことを責められなければ、ということなんだと思います。つまり、それがなければ『ニュースイレブン』を守れるが、もし不祥事でもあれば、守る自信がない、ということなんです」

「守る自信がない……？」

「編成は番組打ち切りを考えているのかもしれません。そして、藤巻は首相と通じています。官邸が一言『ニュースイレブン』打ち切りを囁けば、編成はたちまち忖度しますよ。不祥事があったことで、油井局長の発言力は弱まり、結局は番組は打ち切られる……」

鳩村の言葉を引き継いで、鳥飼が言った。

「番組がなくなれば、香山君は宙に浮く。藤巻が好条件を提示して、彼女を手に入れる……。そういうことか？」

「はい」

「そんなアホな」

栃本が言った。「藤巻が番組を潰したと知ったら、香山さんがうんと言うわけ、ないやないですか」

鳩村は言った。

「圧倒的な力を見せつけられたら、人は逆らえなくなるものだ」

鳥飼が渋い顔で言った。

「残念ながら、デスクが言うとおりかもしれないな」

栃本はかぶりを振った。

「そんな……。何でもかんでも藤巻の思いどおりになると思うたら、大間違いです。香山さんにだってプライドはあるやろうし、布施さんが必死に頑張ってるんや」

鳩村は言った。

「みんな、布施に期待し過ぎじゃないのか。事実彼は、六本木、銀座と飲み歩いているじゃないか」

「布施さんの考えがあってのことやと思います」

「そうだよ」

鳥飼が言った。「きっと理由があって銀座に向かったに違いない」

「どうですかね……」

鳩村は言う。「藤巻が香山君を監禁していると思っていたが、会ってみたらそれが間違いだとわかった。万策尽きてヤケになり、河岸（かし）を変えて飲んでいるだけかもしれませんよ」

鳥飼が鳩村に言った。

「そんなことを言いながら、実はデスクも布施ちゃんに期待しているんだろう」

土曜日の午前一時。マンションの玄関に、再び芦沢が姿を見せた。

黒田が言った。

「尾行するぞ」

「はい」

とにかく、ここでじっとしていなくて済むのなら、何だっていい。谷口はそう思った。それくらいに張り込みはきつかったのだ。

芦沢は西麻布の交差点で、六本木通りを渡った。谷口たちも横断歩道を進む。道を渡り終えたとき、黒田が言った。

「おまえは、念のため、ここでタクシーを捕まえておけ」

そして彼は目の前で谷口に電話をかけた。「電話をつなぎっぱなしにしておけ。状況を見て指示する」

「了解です」

黒田は、芦沢のあとをつけていった。

谷口は、電話を耳に当てたままタクシーを止める。運転手に警察手帳を見せて事情を説明し、路上で待機してもらった。

車に乗り込むと暖房がきいていて、谷口はほっとした。

　ほどなく、電話から黒田の声が聞こえてきた。

「芦沢は路地に車を停めていた。黒のミニバンだ。タクシーはどこにいる？」

「交差点の渋谷寄りの角です。停車してハザードをつけてます」

「すぐに合流する。そのまま待て」

「はい」

　谷口は車を降りて、黒田の姿を捜した。電話はつなげたままだ。

　やがて、駆けてくる黒田の姿が見えた。電話から声が聞こえる。

「視認した。先に車に乗っていろ」

「了解です」

　谷口は後部座席の奥に座る。

　黒田が隣に乗り込んで来た。そして言った。

「あの黒いミニバンだ。追ってくれ」

　停車しているタクシーのすぐ脇をミニバンが通り過ぎていった。

　運転手がこたえる。

「わかりました」

　ドアが閉まり、車がすぐに発進した。車一台を挟んで、芦沢の黒いミニバンを尾行する。

その車は、渋谷方面に向かっていたが、ガソリンスタンドがある交差点で、Uターンをした。谷口たちが乗ったタクシーも同様にUターンをする。

谷口は言った。

「尾行に気づかれませんかね？」

黒田がこたえた。

「気づかれたっていい。追いつづけるんだ」

芦沢の車はそのまま六本木通りを進んだ。六本木交差点も通り過ぎた。しばらくすると、右のウインカーを点滅させた。右手にあるホテルに向かうようだ。そのまま駐車場に向かう。

運転手が尋ねた。

「どうします？」

黒田がこたえる。

「とことん、ついていってくれ」

タクシーも右折してホテルの駐車場に向かう。しかし、尾行が可能だったのは、そこまでだった。

駐車した車から芦沢が降りてくるのが見えた。

「見失うわけにはいかない」

黒田が言った。「ここで声をかけよう」

黒田がタクシーを降りる。谷口は運転手に言った。

「助かったよ。料金の請求は警視庁に……」

「わかってます」

運転手が言った。「早く行ってください」

「済まないな」

谷口も車を降りた。黒田が駆けだしたので、谷口はそれを追った。

芦沢はエレベーターホールに向かった。黒田がエレベーターの前で彼に声をかけた。

「芦沢さん、ちょっといいですか？」

芦沢は不機嫌そうにこたえた。

「あとをつけてきたのは、あなたでしたか」

「ええ。このホテルにご用ですか？」

「見ればわかるでしょう」

「どんなご用でしょう？」

「そんなこと、警察に言う必要はないですね。プライベートなことです」

「この時間だと、レストランやバーもやっていませんね。お部屋を取っておられるのですか？」

「ええ、そうですよ」

「お一人で？」

「だから、そんなことを言う必要はないと言ってるでしょう」

「必要はあるんです」

「何ですって？」

「あなたには、逮捕・監禁罪の容疑がかかっているんです」

芦沢は苦笑した。

「ばかばかしい。何ですかそれは……」

「これからいらっしゃるお部屋を、調べさせていただきたいのですが……」

「お断りですね。言ったでしょう。プライベートなことだって……。どうしても調べたいのなら、令状を持ってきてください」

黒田は言った。

「令状を取ってきていいんですね？」

「え……？」

「強制捜査となれば、徹底してやりますよ。会社に捜査員が大勢訪ねていって、ありとあらゆるものを押収します。パソコンやスマホなんかもすべて押収して、中身を全部解析します。それでもいいとおっしゃるなら、令状を取ってきますよ」

芦沢は何も言わない。黒田はさらに言った。

「今のうちに協力したほうが、何かとあなたのためになると思いますよ」

芦沢が言った。

「脅しても無駄ですよ」

「脅しじゃありません。事実を言ってるんです。あなたの会社、調べればいろいろ出るんじゃないんですか？　そうそう、渋谷署組対係の下田もおたくに興味を持っていたっけな……」

芦沢は唇を咬んでいる。普通ならこのへんで落ちる。だが、芦沢はなかなか手強い。

それなりに場数を踏んでいるのだろう。

黒田のはったりが通用しないと、せっかく尾行してきたのが無駄になる。

谷口がそんなことを考えていると、誰かが駐車場のほうから声をかけてきた。

「あれえ、黒田さんじゃない。こんなところで何してるの？」

布施だった。谷口は彼の出現に驚いた。

布施は、見知らぬ男といっしょだった。

21

「そっちこそ、ここで何をしている？」

黒田が尋ねると、布施がこたえた。

「ええと、芦沢という人に用があって……」

「芦沢さんに……？」

黒田が芦沢に眼を戻した。谷口も芦沢を見た。

芦沢の表情が一変していた。

彼は布施のほうを見て困惑を露わにしている。いや、芦沢が見ているのは、布施ではなく、連れの男だ。谷口はそれに気づいた。

黒田も芦沢の突然の変化に気づいたに違いない。彼は布施に尋ねた。

「こちらが芦沢さんだが、彼に何の用だ？」

布施がこたえる前に、連れの男が言った。

「ミツル、しばらくだなあ」

芦沢のフルネームは芦沢満だ。芦沢が言った。

「真島さん。ご無沙汰してます」

黒田が布施に尋ねる。

「こちらは？」

「知らないの？」

布施が言う。「GEAの真島弘樹代表だよ」

黒田が怪訝そうな顔をした。彼は知らないらしい。だが、谷口は知っていた。

有名な芸能プロダクションの創設者だ。若者向けのアーチストを数多く手がけて大成功した。

だが、もともとは半グレだったという噂もある。たしかに、見たところ、素性はあまりよくなさそうだと、谷口は思った。

黒い革のコートを着て、淡いブルーのサングラスをかけている。髪はオールバックだ。

谷口は黒田に耳打ちした。

「芸能事務所の大物です」

黒田が言った。

「芸能事務所……？　それがどうして……」

真島は黒田たちのことは一切無視するように、芦沢だけを見つめて言った。

「こんな時間に呼び出されて、俺は機嫌が悪いんだ。だから、一度だけしか言わねえ。布施さんをおまえが押さえている部屋にご案内するんだ」

「いや、真島さん、それは……」

「四の五の言うんじゃねえぞ。俺は機嫌が悪いと言ってるだろう」

先ほどまで不敵な態度だった芦沢が青くなっている。

黒田が苛立った様子で芦沢に言った。

「この真島さんとは、どういう関係なんだ?」

その問いにこたえたのは、真島だった。

「ミツルは、言わば俺の後輩でしてね。まあ、別に先輩面するわけじゃないが、俺には逆らわないほうがいいんです」

谷口は驚いて布施を見た。先輩後輩というのは、暴走族か何かの不良少年時代の話だろう。どこからこういう人物を見つけ出してくるのだろう。

布施はいつもと変わらず、飄々としている。

真島がさらに言った。

「寒いんだよ。さっさと案内しろよ」

芦沢は黒田のほうを見た。

警察と半グレの先輩。彼は逃げ場を失ったのだ。

しばらくうつむいていた芦沢は、顔を上げた。嘘のように困惑や苦悩の表情が消え去っていた。

「こうなりゃ、じたばたしてもしょうがないですね。真島さんに言われたんじゃ逆らえないし……」

開き直ったのだろうかと、谷口は思った。

あるいは、何か魂胆があるのかもしれない。

芦沢が言った。

「では、ご案内しましょう」

全員がエレベーターに乗り、上層階に向かった。

エレベーターを降りると芦沢は、無言で廊下を進んだ。他の者も無言だった。

芦沢が部屋の前で立ち止まり、ポケットからカードキーを取り出して、解錠する。ドアを開けると、彼は言った。

「さあ、どうぞ」

芦沢がドアを押さえている。

黒田がまず部屋に入った。その次が布施だ。そして、真島。最後に入室したのが谷口だった。

「あ……」

谷口は思わず声を上げていた。

部屋は広いスイートルームで、目の前のソファに腰かけているのは、間違いなく香山恵理子だった。

部屋の隅に椅子を置いて腰かけていた男が立ち上がった。香山恵理子を見張っていたのだろう。悪そうなやつだが、若くて貫禄がない。明らかにただのチンピラだ。

「何だ、てめえら……」

その男はそう言ってから、芦沢に気づいた。そして、きょとんとした顔になった。何が起きているのかわからないのだ。

黒田が戸口にいる芦沢を見た。その瞬間、芦沢が部屋を飛び出した。

「え……?」

見張りの男がどうしていいかわからない様子で、芦沢のあとを追おうとした。

「おっと、そうはいかない」

黒田がその男の襟をつかんで、足を掛けた。柔道の出足払いだ。谷口は、床にひっくり返った男にすかさず手錠をかけた。

「逮捕・監禁の現行犯だ」

真島がうなるように言った。

「ミツルの野郎、逃がさねえぞ……」

そう言って廊下に出ようとするのを、布施が止めた。

「ここは警察に任せましょう」

黒田が谷口に言った。

「赤坂署の鯉沼係長に連絡しろ。芦沢を逮捕・監禁の容疑で手配するように言うんだ。俺は、渋谷署の下田に電話する」

谷口は即座に鯉沼に連絡した。

「芦沢……？　それ、何者だ？」

「芦沢満、四十二歳。もと半グレで、『渋谷エンタープライズ』という会社を経営しています。住所は世田谷区深沢一丁目……。黒いミニバンで移動している可能性があります」

「そいつが香山恵理子を逮捕・監禁したというのか？」

「はい。ホテルの部屋に香山さんを監禁していた疑いがあります。共犯者らしい男の身柄を押さえました」

「香山恵理子は？」

「保護しました」

谷口はホテルの名を言った。

「わかった。手配する」

電話が切れた。

ちょうど黒田も電話を切ったところだった。黒田が言った。

「下田は大喜びだよ。ようやく芦沢の尻尾をつかんだってな。鯉沼係長と協力するように言っておいた」

布施が香山恵理子に近づいた。

「だいじょうぶですか？」

「どうかしらね。番組に穴をあけちゃったから……」

「いや、そういうことじゃなくて、どこか怪我はありませんか？」

「怪我なんてしてないわ」

「それは何よりです」

「まさか、ソファに座って『ニュースイレブン』を見る日が来るとは思ってもいなかった」

香山恵理子は悔しそうだった。番組に出られなかったことを悔やんでいるのだろう。

布施が言った。

「だいじょうぶですよ。鳩村デスクも事情を知っているんですから」

そのとき、真島が言った。

「おお、本物の香山恵理子じゃねえか」

布施が言った。

「そう説明したじゃないですか」

「本当にいるかどうか、半信半疑だったんだよ」

「いや、助かりました。やっぱり真島さん、顔が広いですね」

「ミツルみたいなやつとは、縁が切れねえんだよ」

半グレ同士のつながりだろう。真島は大物だから、当然顔が利くはずだ。芦沢のような半グレを何人も知っているに違いない。もしかしたら、芸能事務所の仕事にも利用しているのかもしれないと、谷口は思った。

手錠をした見張りの男を椅子に座らせると、黒田が香山恵理子に近づいて尋ねた。

「ここにやってきた経緯を説明してもらえますか？」

「午後五時頃だったかしら、ＴＢＮに向かおうとマンションを出たところで、芦沢というやつに声をかけられました。そこの車で藤巻さんが待っているから、ちょっと来てくれって……」

「それで、車に向かわれたのですか？」

「会議まではまだ余裕があったので、挨拶だけでもしようと思って……。そうしたら、いきなり車に押し込まれて……。あっという間でした」

芦沢はそういうことに慣れているに違いない。おそらく、見張り役の男と二人がかりでやったのだろう。

　黒田がさらに尋ねる。

「そして、ここに連れてこられたわけですね」

「そうです。今度は部屋で藤巻さんが待っていると言われて……。へたに抵抗すると危険だと思って言うとおりにすることにしました。藤巻さんに直接文句を言ってやろうと思っていました。でも、部屋に藤巻さんはいませんでした」

　谷口は言った。

「藤巻が芦沢にやらせたということでしょうか」

　黒田が応じる。

「そういうことだろうな。西麻布のバーで会っていたのが、何よりの証拠だ」

　すると、布施が言った。

「いや、それが違うんですよね」

　布施はみんなの注目を浴びた。

　黒田が尋ねた。

「違うってのは、どういうことだ？」

「説明すると長くなるんですが……」

　真島が言った。

「なんだか知らねえけど、俺の役目は終わったんだよな。じゃあ、帰らせてもらうぜ」

黒田が言った。

「ちょっと待ってください。あなたからも話を聞かなければなりません」

真島が顔をしかめた。

「俺のことなら、布施ちゃんに訊いてくれよ。俺は布施ちゃんに頼まれて来ただけなんだから」

「そうはいきません。重要な証人ですから」

「勘弁してくれ。俺がいなけりゃ、芦沢はこの部屋を教えたりはしなかったんじゃねえの？」

「それはそうですが……」

「じゃ、そういうことで俺は消えるよ」

「そうはいかないと言ってるだろう」

黒田が口調を変えると、真島も目つきを変えた。

「俺はＧＥＡの真島だ。逃げも隠れもしねえよ。証言がほしいなら、改めて会いに来な」

凄味があった。半グレも、これくらいの大物になると貫目が違うと、谷口は思った。

黒田は何も言わなかった。真島は「じゃあな」と言って去っていった。

彼が部屋を出ると、布施が言った。

「デスクに電話しなきゃ……。何度か着信があったんだ」

「私が電話するわ。どこかに私のバッグがあるはずなんだけど……」

黒田が言った。

「えーと、係の者が来るまで、部屋の物を動かさないでほしいんですが……」

香山恵理子が尋ねた。

「私物も？」

「ええ、できれば……」

布施が言った。

「俺の電話でデスクにかけるんで、香山さんが出てください」

「じゃ、そうする」

布施が電話をかけて、それを香山恵理子に渡した。

「すいません。番組に穴をあけるなんて、取り返しのつかないことをしたと思っています。……ええ、だいじょうぶです。怪我はありません。……はい。でも、それは電話では説明しきれないので……。ええ、はい、改めて説明に上がります」

彼女が電話をかけている間に、赤坂署の連中が到着した。このホテルも赤坂署管内だ。

鑑識とともに、捜査員もやってきて、彼らはまず、見張りの男の身柄を運んでいった。

捜査員の中に鯉沼がいた。彼は黒田を見つけると言った。

「よう。芦沢は緊配をかけたぞ。赤坂署と麻布署の指定署配備だが、それで充分だと思う」

緊配は緊急配備のことだ。指定した警察署管内だけの配備をしたということだ。

「黒いミニバンに乗っていました」

「ああ、それも聞いて手配している。この事件の裏に藤巻清治がいるって話だが、それ、確かなんだろうな」

「それなんですが……」

「何だ？」

黒田が布施を見て言った。

「そうじゃないと言う者がいまして……」

「そうじゃない……？」

黒田が言った。

「おい、布施。さっきの続きだ。この誘拐劇は藤巻が筋書きを書いたんじゃないのか」

布施が刑事たちのもとに近づいてきて言った。

「当初は俺もそう思っていたんですけどね。どうやらそうじゃないということがわかってきて……」

「どうしてそうじゃないとわかったんだ？」

「香山さんが失踪したとわかると、俺は彼女の足取りを追うと同時に、藤巻さんと連絡を取りました」

「いつのことだ？」

「そうですね……。午後八時過ぎのことだったと思います。藤巻さんはまだ会社にいたので、会いに行きました。香山さんのことを尋ねると、彼はこう言いました。芦沢がどこかに監禁しているのだろう、と……」

「知っていたんだな」

黒田が言った。「やっぱり藤巻が黒幕なんじゃないか。彼が芦沢にやらせたんだろう」

「話はそう単純じゃないんです」

布施と黒田のやり取りが聞こえたらしく、香山恵理子が言った。

「藤巻が芦沢たちを使って私を拉致監禁した……。単純な話なんじゃないの？」

布施が香山恵理子に言った。

「えーと、芦沢たちが香山さんをさらったというのは正しいんだけど、藤巻さんが彼らを使ってやらせたというのが間違いなんです」

「じゃあ何か？」

黒田が眉をひそめた。「芦沢が勝手にやったことだというのか？」

香山恵理子が言う。

「そんなの変よ。私は芦沢という男と、これまで会ったこともないのよ。藤巻のせいだと言われたほうが納得できる」

黒田がうなずく。

「俺もそう思う」

布施がこたえる。

「芦沢が勝手にやったというのも、ちょっとニュアンスが違いますね。たしかに、藤巻さんが拉致監禁に直接関与していないのは事実ですが、まったく関係ないかというとそうでもないんです」

黒田が苛立った様子で言った。

「じれったいな。どういうことなのか、ちゃんと説明しろ」

「そのためには、藤巻さんと芦沢の関係から説明しなければなりません」

「鑑識の作業が終わるまで、時間はたっぷりある」

「わかりました」

布施が話を始めようとしたとき、香山恵理子が「待って」と言った。

彼女は、はっとした顔をしている。何かに気づいた様子だ。

黒田が尋ねた。

「どうしたんです？」

彼女は黒田の質問にはこたえず、布施に言った。

「それ、布施君だけのネタなのよね？」

「ええ、他に知っているのは、当事者だけですね」

「当事者って、藤巻と芦沢？」

「そうです。それと、『ハーフムーン』の明子ママ」

黒田が布施に言う。

「おい、それってSSの元メンバーってことだよな」

「ええ、そういうことです」

香山恵理子が布施に言った。

「このまま黙っていれば、布施君の特ダネってことになるのよね」

「おい……」

黒田が布施に言った。「そんな理由で話すのを渋っているのか？」

「別に渋っているわけじゃないんです。どこから話せばいいか考えていただけです」

香山恵理子が布施に尋ねる。

「話してしまっていいの？」

布施がこたえる。

「警察に隠し事をしてまで特ダネがほしいとは思いません。警察に本当のことを話して、それを証明してもらえれば、関係者のためにもなります」

「関係者のため……？」

「そうです」

「関係者って、誰のことを言っているの？」

「藤巻さんや明子ママ。亡くなった春日井さんや篠田玲子さん。そして、玲子さんの姪の篠田麻衣さん」

黒田が言った。

「あんたの言うことが事実なら、俺たちはちゃんと証明する」

「あきれたわ」

香山恵理子が布施を見ながら言った。「そして、さすがだと思う。布施君は姑息（こそく）な手段で特ダネを狙ったりしないのよね」

黒田が言った。

「じゃあ、話してもらおう」

香山恵理子が言った。

「鑑識の作業が終わるのを待ちませんか？」

彼女は、情報が洩れるのを恐れているのだろう。逮捕・監禁の被害者ではなく、ジャーナリストの顔になっていると、谷口は思った。

鑑識係員が情報を外に洩らすとは思えないが、うっかりどこかの記者に手がかりを与えてしまうこともないとは言えない。

「一刻も早く話を聞きたいところだが……」

黒田が言った。「落ち着いて話ができるほうがいいな。もう少し待つことにしよう」

22

　布施からの着信があったのは、午前二時を過ぎた頃だった。

　鳩村はすぐに電話に出た。

「布施か？　何度も電話したんだ」

「あ、すいません。今、香山さんに代わります」

「香山君……？」

　電話の相手が代わった。

「すいません。番組に穴をあけるなんて、取り返しのつかないことをしたと思っています」

「そんなことはいいんだ。だいじょうぶなのか？　怪我とかはないのか？」

「ええ、だいじょうぶです。怪我はありません」

「いったい、どこで何をしていたんだ？　誰かに監禁されていたんだな？」

「はい。でも、それは電話では説明しきれないので……」

「とにかく、事情が知りたい。局長にも報告しなければならないしな。できるだけ早く説明が聞きたいんだが……」

「ええ、はい、改めて説明に上がります」

「布施がいっしょだったな？　今、どこにいるんだ？」

「赤坂のホテルにいます。警察の方が来て、これから事情を訊かれることになると思います」

「布施と警察がいっしょということは、もう安全だということだな？」

「はい、ご心配をおかけしました」

「わかった。月曜日のオンエアはだいじょうぶか？」

「もちろん」

「じゃあ、月曜日に会おう」

「はい」

布施に代わるかと思ったら、電話が切れた。何か一言あってしかるべきだろうと思いながら、鳩村は電話をしまった。

鳥飼が尋ねた。

「香山君なのか？」

「そうです。布施といっしょにいるそうです」

栃本が眉をひそめて尋ねる。

「今、どこですの？」

「なんでも赤坂のホテルにいるということだ。警察もいっしょで、これから事情を訊かれると言っていた」

栃本が言う。

「なんで来られへんかったんです？」

「そういう話は聞けなかった。月曜日にはいつもどおり出てくるようだから、そのとき話が聞けるだろう」

鳥飼が大きく息をついて言う。

「とにかく、無事だということがわかってよかった」

鳩村はうなずいた。

「そうですね。私は局長に連絡します」

「じゃあ、私はこれで引きあげることにするよ。さすがに疲れた」

栃本は何も言わない。自分に気を遣っているのかもしれないと思い、鳩村は言った。

「栃本君も帰ってくれ。私も局長に電話したら、すぐに引きあげる」

栃本が言った。

「そうですか？　では、そうさせていただきます」

鳩村は再び電話を取り出し、局長にかけた。呼び出し音が鳴っている間に、鳥飼と栃本は立ち上がり、去っていった。

電話がつながり、油井局長の声が聞こえてきた。

「どうなった？」

「香山君の無事が確認できました」

「そうか。それはよかった。今、どこにいるんだ？」

「赤坂のホテルだそうです。布施や警察といっしょだということです」

「布施がいっしょ？　じゃあ、あいつが何もかも知っているということだな」

「知っていると思います」

「スクープを期待できるということだ」

「そうかもしれません」

「今、君はどこにいる？」

「報道局です」

「一人か？」

「一人ですが……」

「栃本のおかげで、乗り切れたが、今夜のことは不祥事には違いない。誰かが責任を負わなければならない」

「責任……？」

「そうだ。誰もが納得する形の幕引きを考えなければならないんだ。そこでだ……」

　番組終了時と言っていることがちょっと違う。おそらく、誰かに何かを言われたのだろう。局内には、何にでもクレームをつけたがるやつがいる。

　嫌な予感がした。油井局長の言葉が続く。「栃本をレギュラーにするというのは、どうだ？」

「ああ、それは私も考えました。彼のコーナーを作ってはどうかと……」

「コーナーとかじゃない。キャスターだよ」

「キャスターが三人ということですか？」

「藤巻が香山をほしがっているんだろう。差し上げてはどうだ？」

「どういうことですか……」

「彼女は降板だ。不祥事の責任を取ってもらう。まあ、キャスターが男二人というのは、ナンだから、若い局アナでも付けたらどうだ？」

　嫌な予感は的中した。恵理子をスケープゴートにしようということだ。

　鳩村の中でふつふつと湧き上がるものがあった。油井局長の声が遠くから聞こえてくるように感じる。

「リニューアルという形を取れば、今回の不祥事もクリアできる。誰もが納得する形だ。

編成も……」

鳩村はその言葉を遮るように言った。

「不祥事ではありません」

「え……」

不意をつかれたようで、局長はしばし沈黙した。「何だって?」

「今回のことは、不祥事ではありません。事件に巻き込まれたのです。その危機を我々『ニュースイレブン』のメンバーはなんとか乗り切ったのです」

自分でも不思議なくらい腹が据わっていると、鳩村は感じていた。

油井局長の声が聞こえてきた。

「香山が番組に穴をあけたことは事実なんだ」

「彼女は監禁されたのです。彼女に責任はありません。もし、誰かが責任を取らなければならないのだとしたら、私が取ります」

しばらく間があった。やがて、油井局長は言った。

「リニューアルには反対ということだな?」

「その必要はないと、私は思っています。香山君は番組になくてはならない存在だと信じています。誰かを切るなら、彼女ではなく、私にしてください」

「ふざけるな、鳩村」

油井局長は腹を立てたのだろう。だが、もう後には退けない。

「ふざけてなどいません」

「おまえにそんなことは言わせない」

「切るなら切ってください」

「責任を取るだって？　恰好つけんじゃねえよ」

「ですから……」

「そういう、いい恰好は俺がするんだよ」

どういうことだろう。鳩村は油井局長が何を言いたいのか理解できず、しばし黙っていた。

油井局長が言う。

「いいか？　責任を取るのは俺の役目だ。出過ぎたことを言うんじゃない。君の言い分はわかった。今回のことは不祥事じゃない。そういうことだな？」

「はい。そう思います」

「言い逃れじゃないな？」

「本当にそう思っています。月曜日に香山君本人と布施が説明してくれると思います」

「わかった」

「番組は現状維持が一番だと思います。ここでじたばたする必要は……」

「俺は、わかったと言ったんだ」

「は……？」

「不祥事じゃないと言うのなら、俺はこれ以上何も言わない」

「香山君はどうなりますか？」

「現状維持が一番なんだろう？」

「では、私が……」

「君のクビを切ったところで、誰も喜ばない」

「はあ……。それで、『ニュースイレブン』はどうなりますか」

「俺の眼の黒いうちは打ち切りになんてさせないと言っただろう。まあ、せいぜい頑張ってみるさ。月曜日に話を聞かせろ」

電話が切れた。

鳩村は、しばらく電話を耳に当てたままだった。やがて、大きく息をついた。手もとの電話に眼をやってからそれをしまった。

張り詰めていた気持ちが、ぷつんと途切れ、鳩村は、がっくりと背もたれに体を預けた。

油井局長に逆らうなど、俺はどうかしている。

今になって、背筋が寒くなった。もしかしたら、クビが飛んでいたかもしれないのだ。

だが、と鳩村は思った。

俺は『ニュースイレブン』と恵理子を守ったんだ。自分を褒めてやっていいんじゃないか。

鳩村は大きく一つ深呼吸をした。


午前二時四十分頃、鑑識の作業が終了し、香山恵理子と布施がソファに腰を下ろした。黒田と鯉沼もソファに座った。

谷口は、見張りの男が座っていた椅子を彼らの近くに持っていき、座った。

黒田が言った。

「さて、それじゃあ、話を聞かせてもらおうか」

布施が話しだした。

「まず、今回の出来事に関して説明します。香山さんを拉致監禁したのは芦沢に間違いありません。……で、藤巻さんがそれを命じたように、みんな思っているようですけど、それは間違いです。でも、藤巻さんがこの拉致監禁のことを知らなかったかというと、それも違います」

黒田が言う。

「知っていたということだろう。つまり、彼がやらせたことなんじゃないのか？」

「いいえ。知っていたけど、芦沢を止められなかったというのが実情です」

「止められなかった……？」

「あの二人はずっとそういう関係だったんです」

「ずっとそういう関係……？　それはSSの時代からということか？」

「篠田玲子さんと、春日井伸之さんが亡くなったときからでしょうね」

「いったいどういう関係なのか、具体的に説明してくれ」

「一言で言うと、藤巻さんは芦沢に逆らえないが、同時に芦沢は藤巻さんにとって使い勝手のいい存在だった、ということでしょうか」

「それ、一言じゃないな。けっこう複雑じゃないか。逆らえないが使い勝手がいい？　どういうことだ？」

「これ、藤巻さんから直接聞いたほうがいいと思うんですけど、まずSSの時代に何があったかを知らないといけないんです」

「もちろん、そうするつもりだが、あんたはそれを知っているというのか？」

「藤巻さんから聞きましたよ。芦沢が篠田玲子さんを罠にかけてひどい目にあわせ、結果的に自殺に追いやったんです」

「芦沢が……？　それは『ハーフムーン』の遠藤明子が言っていたことと、ちょっと違っているな。藤巻が嘘をついているんじゃないのか？」

「嘘をついているのは、明子ママかもしれませんよ」

「何のために嘘をつくんだ？」

「芦沢の影響かもしれませんね。あるいは罪悪感か……」

「芦沢の影響？　遠藤明子は芦沢のことを知らないと言っていた」

「それも、嘘でしょう。知らないはずがありません」

「なぜそんな嘘をつく？」

「芦沢と自分が関係ないと、警察に思わせたかったのでしょう」

「あ……」

谷口は言った。「そこ、芦沢の証言との矛盾点でしたね」

黒田が思案顔でうなずいた。

「そうだな。SSの会員だった人に心当たりはないかと尋ねたとき、芦沢が『ハーフムーン』のことを教えてくれたんだ」

布施が言った。

「つまり、明子ママが嘘をついていたということになるじゃないですか」

黒田が言う。

「まあ、理屈ではそういうことになる。芦沢の影響で遠藤明子が嘘をついたと言ったが、それは彼女が芦沢を恐れているということか？」

「そうです。そして、藤巻さんも……」

「藤巻が芦沢を恐れる理由がわからない。彼らはSSで仲間だったんじゃないのか？」

「藤巻さんは、芦沢がやったことを知ってしまったんです」

「篠田玲子が自殺するようなことをしたということだな？」

「そして、たぶん春日井さんを殺したこと」

「自殺じゃなくて、殺しだと言うのか？」

布施は肩をすくめた。

「それも、藤巻さんから直接聞いてください。あくまで俺の推測でしかないんで……」

黒田と布施のやり取りを聞いていた鯉沼が眉間にしわを刻んで言った。

「待ってくれ……。芦沢の犯罪行為を、藤巻が知ったんだろう。じゃあ、藤巻が芦沢の弱みを握ったということじゃないのか？」

布施がこたえた。

「わかりやすく言うと、藤巻さんは消されるのを恐れたんです。秘密を知ったので抹殺されかねなかったんですね。だから、自分は味方であり、生かしておいたほうがためになると思わせる必要があったんです」

黒田が言った。

「芦沢は、藤巻のおかげでずいぶんと儲けたと言っていた。世田谷に一軒家を持って、家政婦を雇うような生活をしている」

「藤巻さんは、必死で芦沢に金を注ぎ込んだんだと思います。そうしなければ、口封じに抹殺されると思ったんでしょうね」

「妙だと思っていたんだ。いくら運用がうまくいったって、あんなに儲かるはずはないからな。世の中、そんなに甘くない」

「一方、芦沢は藤巻さんのために、汚れ仕事を請け負ったりしていたようです」

「汚れ仕事？」

「金融業ですからね。追い込みとかキリトリとかいろいろあるでしょう」

「なるほど……」

「学生時代から芦沢のことを知っていた藤巻さんは、あいつなら、口封じで自分を消すくらいのことは平気でやるだろうと考えていたんです」

　谷口は思わず発言した。

「でも、しばらく付き合いはなく、十年ほど前に藤巻のほうから連絡があったのだと、芦沢は言っていましたが……」

　布施が言う。

「藤巻さんが言うには、二人の付き合いはずっと続いていたそうです。芦沢の秘密を知ってしまったがために、藤巻さんは身の危険を感じていたのです。それで、芦沢との関係を築くのにずいぶんと苦労したようです」

黒田が考えながら言った。

「二人の言っていることは矛盾している。どちらかが嘘をついているということになるな」

布施がそれにこたえた。

「嘘をついたのは、芦沢ですよ。自分と藤巻さんの関係を警察に知られたくなかったのだと思います」

谷口は布施が言っていることを頭の中で繰り返し確認した。そして、言った。

「藤巻が、SS時代にやったことを隠そうとしてる可能性だってあるでしょう。篠田玲子さんのことや、春日井さんのことは、藤巻がやったことなんじゃないですか？　あるいは、芦沢と共犯とか……。遠藤明子さんはそう言っていたように、自分には聞こえましたが……」

布施がこたえた。

「俺は藤巻さんの証言を伝えているだけですよ。そして、俺は彼の言葉を信じている。だから、そう思うのなら、裏を取ればいいんです」

黒田が言う。

「当然、裏は取るよ。あんたの言い分では、香山さんの監禁でも、篠田玲子の件でも、そして春日井伸之の件でも、藤巻はシロだということになるな」

「俺はそう思ってます」

「じゃあ、なぜ芦沢は香山さんを監禁したんだ？」

「それは、藤巻さんのせいなんですけど……」

「やっぱり、彼がやらせたということか？」

「そうじゃなくて、藤巻さんが一番ほしがっているものを、芦沢が与えようとした、ということですね」

香山恵理子が言った。

「一番ほしかったものって、私のことね」

布施がうなずいた。

「そういうことですね。藤巻さんはそれを周囲に公言していたので、芦沢もそれを知っていたわけです」

「なんだか、光栄なのか、ばかにされているのか、微妙なところね」

黒田が尋ねる。

「芦沢が藤巻のためにやったというのか？　それはどうしてだ？」

「黒田さんたちが訪ねていったからです」

「俺たちが……？」

「SS時代の悪事を暴かれかねないと思ったのでしょう。彼は、いずれ黒田さんたちが藤巻さんから事情を聞くことになると思い、口封じをしなければならないと考えたんです。今さら藤巻さんを殺すわけにはいかない。それで、藤巻さんが一番ほしがっているものを与えることにした、というわけです」

「あの芸能プロダクションの代表とかいうやつは、どうしたんだ？」

「ああ、真島さんですね。芦沢の仕業だろうという話になり、俺が藤巻さんに会いに行ったと言いましたよね。芦沢の仕業だろうという話になり、香山さんの失踪を知った後、藤巻さんに尋ねたんです。誰か、芦沢を思いどおりにできるような人はいないか、と……。そうしたら、真島さんの名前が出て……」

「大物なんだろう？　すぐに連れて来られるような相手じゃないはずだ」

「真島さんとは、以前から飲み友達なんですよ。それで銀座に行って話をしたら、面白そうだって……」

谷口はまたしても、布施の顔の広さにあきれてしまった。

「口封じね」

黒田が言った。「芦沢は墓穴を掘ることになるとは思わなかったのかね」

布施が言う。

「それだけ追い詰められていたということでしょう。まあ、警察をなめていたのかもしれませんが……」

「西麻布のバーで、藤巻と芦沢が会っていた。そのとき、何の話をしたのか、どういう経緯で、芦沢がこのホテルに向かったのか、そういったことを明らかにする必要がある」

そう言って黒田は、顔を両手でこすった。「だが、とにかく今日は解散だ」

みんな疲れ果てている。すでに午前三時を回っている。黒田の判断は賢明だと、谷口は思った。

23

ホテルを出ようとしたとき、赤坂署の鯉沼が電話を受けて言った。

「午前三時二十分、芦沢確保だ」

黒田がそれに応じた。

「緊配が効きましたね。身柄は赤坂署ですか？」

「ああ、そうだ。俺はこれから向かう」

「帰ろうと思ったんだが、しゃあねえな」

黒田が谷口に言った。「俺たちも行こう」

谷口は、赤坂署に行くのが当然だと思っている自分に気づいて、ちょっと意外だった。この時刻なら、以前は一刻も早く帰りたいと思ったものだった。

布施が言った。

「じゃあ、俺たちはタクシーで帰ります」

ホテルの前で布施や香山恵理子と別れて、谷口たちは赤坂署に向かった。

「すでに、逮捕・監禁については認めているのですが……」

赤坂署に到着して、状況を尋ねると、鯉沼の部下がそう告げた。

鯉沼が尋ねる。

「……ですが？」

「それは、藤巻清治に命じられてやったことだと言っています」

それを聞いていた黒田が言った。

「言い逃れはできないと言ってやれ」

すると、鯉沼が言った。

「あんたが言ってやったらどうだ？」

直接話をしろということだ。

「そうしましょうか」

黒田、鯉沼、谷口の三人は取調室に向かった。芦沢は、ふてくされたような態度を取っていた。チンピラが身柄確保されたときに見せるお決まりのポーズだ。

黒田が言った。

「藤巻に言われて、香山恵理子を逮捕・監禁したんだそうだな」

「そうだよ」

「藤巻はそうは言っていないらしい。あんたがやるのを止められなかったということだが……」

「そりゃ、言い逃れだな」

「どうかな……」

黒田は芦沢を見据えた。「あんたと藤巻の関係は、どうやら二十年前にさかのぼらないとわからないようだ。だから、きっちりと調べさせてもらうよ」

芦沢はそっぽを向いたまま言った。

「二十年前？　ああ、ＳＳのことか？」

「篠田玲子と春日井伸之の件だ。当時の捜査がどうだったかは知らんが、今度はとことんやることになる。覚悟しておくんだな」

芦沢は、ふんと鼻で笑った。

「俺は、香山恵理子に対する逮捕・監禁の罪で捕まったんだよな」

「余罪の追及ってやつだ。今度は逃げられない」

芦沢は虚勢を張りつづけているが、すでに顔色が真っ青で、額に汗が浮いている。

黒田は立ち上がった。谷口と鯉沼もそれに続いた。

取調室を出ると、黒田が言った。

「あいつが落ちるのは時間の問題ですね」

鯉沼がうなずく。

「俺もそう思う」

ベテラン刑事二人がそう言うのだから、たぶん間違いないだろうと、谷口は思った。

すでに、午前四時を回っている。取り調べは中断して、続きは朝になってからということになった。

黒田が谷口に言った。

「ようやく帰れるな」

谷口もほっとした。

「はい」

「朝になったら、藤巻と遠藤明子に話を聞きに行く。月曜日に管理官に提出するから、報告書作っておけ」

土日がつぶれる。でも、悪い報告ではないから、気分は軽い。とにかく今は、帰って眠りたかった。


土曜日の午前十時、藤巻は会社にいるというので、黒田と谷口は訪ねていった。セットフリーは金融業だというが、そういう印象ではなかった。きわめて近代的なオフィスで、社長室は広く、いかにも金がかかっている感じだった。

案内されたソファに、黒田と谷口は並んで腰を下ろした。

黒田が言った。

「香山恵理子さんが、逮捕・監禁の被害にあったのはご存じですね」

黒田の向かい側に座った藤巻はうなずいた。

「知ってる」

「芦沢を現行犯で押さえましたが、彼はあなたに命じられてやったのだと証言しています」

「それは事実とは違う」

「では、どういうことだったのか、話してください」

「TBNの布施ちゃんから電話があった。香山恵理子が失踪したってね。俺はすぐに芦沢の仕業だと思った。それで、布施ちゃんと会って話をしたんだ」

「西麻布のバーでは、まるで我々を欺くような態度を取っておられましたね？」

「仕方がなかったんだ」

藤巻は肩をすくめて見せた。「あのバーは芦沢の息がかかってるんでね。マスターも芦沢の仲間なんだ」

「そのあと、芦沢がやってきましたね」

「もともと、芦沢に呼び出されてあそこに行ったんだ。あいつはずいぶんと遅れて来たがね……」

「どんな話をしたんです？」

「俺が最もほしがっていたものを与えてやると、あいつは言った」

「それは香山恵理子のことですか？」

「番組に穴をあけたりしたら、降板もあり得る。そうすれば、俺が手に入れられる。あいつはそう考えたんだろう。浅はかにも程があるが、俺は止められなかった」

「二十年前のことがあるからですね？」

「そうだな……」

「話をしてくれれば、芦沢の罪を追及できます」

藤巻は、しばらく考えていた。やがて、彼は言った。

「遠藤明子に会ったんだね？」

「会いました」

「彼女は俺のことを軽蔑しているんだと思う」

「軽蔑……？」

「そう。芦沢がやったことを知っていながら、見て見ぬふりを続けてきた俺のことを……」

「それは、篠田玲子さんのことですか？」

「そして、春日井のこと……。春日井を自殺に見せかけて殺したのは芦沢なんだ」

「なぜ殺害したのです？」

「玲子だよ。玲子が自殺したのは芦沢たちのせいだ。春日井はそれを警察に言うつもりだったんだ。芦沢は口封じと見せしめのために殺した。その見せしめは効果抜群だ。俺はすっかりびびっちまったってわけだ」

「なるほど……」

「俺は何か、罪に問われるのだろうか？」

「共犯だったんですか？」

「いや、そうじゃない」

「だったら刑法には問われませんが……」

黒田は立ち上がった。「道義的な問題は残るでしょうね」

藤巻はすっかり力を失ったように、ソファで呆然としている。

谷口は、出入り口に向かった黒田を追った。黒田が突然立ち止まり、言った。

「いっしょにいらっしゃいませんか？」

藤巻が戸惑ったように黒田を見た。

「どこへ……？」

「遠藤明子さんに会いに行こうと思います」

連絡を取ると、店を開けるからそっちに来てくれと言われた。自宅は近くらしい。黒田と谷口は、藤巻を連れて、『ハーフムーン』に向かった。

遠藤明子はカウンターの中にいた。藤巻に気づくと、驚いたように見つめていたが、やがて眼をそらした。

黒田が言った。

「芦沢の身柄を押さえました」

明子が黒田を見た。

「芦沢が……。どうして……」

黒田が、香山恵理子に対する逮捕・監禁の罪で検挙したことを説明すると、明子は言った。

「そんな罪じゃ、起訴されてもすぐに出てくるわね」

「がっかりすることはありません」

黒田が言った。「篠田玲子さんや春日井さんについても、捜査をすることになると思います。それで、藤巻さんにいっしょに来てもらったんです」

明子は藤巻のほうを見まいとしているようだ。

黒田が続けて言った。

「あなたは、藤巻さんが篠田玲子さんを罠にはめて、自殺に追い込んだとおっしゃいましたね」

明子は、視線を落として気まずそうな顔をしている。

藤巻が言った。

「どうして、そんなことを言ったんだ？　本当にそう思っているのか？」

明子が言った。

「そうよ。思ってるわ」

「そんなはずないじゃないか。俺がやったことじゃない。すべて芦沢がやったことだ」

「それをあなたは、知っていて黙っていた。そればかりか、芦沢の機嫌を取っていたじゃない」

「そうだな……。軽蔑されて当然だと思う」

「芦沢がやったことを見て見ないふりをしていたあなたは、やつと同罪なのよ」

「おまえの言うとおりかもしれない……」

黒田が明子に尋ねた。

「芦沢を知ってるかと尋ねたとき、あなたは知らないとこたえた。それは、なぜです？」

明子は眼を合わせぬまま黙っている。黒田はさらに言った。

「我々に、彼と関わりがあることを知られたくなかったんですね？」

　明子がこたえた。

「芦沢のことを知っていると言ったら、玲子のことや春日井君のことを証言させられるんじゃないかと思った。そうなりゃ、こっちの身も危なくなってくる、と……」

「なるほど……」

「それ以前に、あいつのことなんて、忘れたかったのよ。だから、あいつなんていないものと考えることにした」

　藤巻が言った。

「いないことにしたやつを憎むことはできない。だから、俺を憎むことにしたんだな」

「あんたは芦沢とつるんで、しかも、大金持ちになっていい暮らしをして、世間に顔が売れている。許せないと思うのは当然でしょう」

「そうだな。それについては何も言えない。だが、おまえは、俺がやっていないということを知っているはずだ」

「それが何だと言うの？」

　藤巻が、珍しく傷ついた表情を見せた。

「俺も、おまえと同じで、芦沢が本当に怖かったんだ。それはわかってほしい」

　明子は何もこたえなかった。

黒田が言った。

「芦沢の身柄は警察が押さえました。じきに逮捕状が執行されるでしょう。そして、春日井さんと篠田玲子さんの件について、調べ直すことになると思います。つまり、ずっとあなたがたの重しだった、芦沢が排除されたということです」

明子は、ようやくまともに黒田の顔を見た。

「それは間違いないのね？」

「間違いありません」

「芦沢がいない……。こんな日が来るなんて思ってもいなかった……」

「あなたがそうだったように、藤巻さんも芦沢の被害者だったんです」

明子が強い口調で言った。

「わかってるわよ、そんなこと。わかってるけど、どうしようもなかったのよ」

黒田がうなずいた。沈黙があったので、谷口は明子に言った。

「篠田麻衣さんに、玲子さんを騙してひどい目にあわせ、自殺に追いやったのは藤巻さんだと言いましたね？」

「言ったわ。いつしか、自分でもそれが本当のような気がしていたから……」

「その誤解を解かなければなりません」

すると、藤巻が言った。

「いいさ。誤解なんか解かなくても……。それが俺に対する罰だ」

それに対して、明子がきっぱりと言った。

「いい恰好しないで。私がちゃんと話をして誤解を解く」

「いや……。それは……」

「それが私の責任だから」

黒田が言った。

「二人とも、玲子さんと春日井さんの件について、証言をしてもらえますね？」

藤巻がこたえた。

「ああ。そいつは俺の義務だ」

明子が無言でうなずいた。

黒田が、礼を言って『ハーフムーン』を出た。谷口はそれに続いた。

藤巻は出てこなかった。

黒田が言った。

「放っといてやろう。行くぞ」

藤巻と明子はどんな話をするのだろう。二人はきっと二十年の歳月を経て、ようやく歩み寄ろうとしているのだろう。谷口はそう思った。

月曜日の朝、黒田と谷口は池田管理官に会いに行った。谷口は、日曜日をつぶして仕上げた報告書を携えている。

その書類を受け取った池田管理官が言った。

「あとで読む。口頭で説明してくれ」

黒田が経緯を説明した。話を聞き終わると、池田管理官が言った。

「香山恵理子が金曜の『ニュースイレブン』に出ていないと思ったら、そんなことがあったのか」

黒田がこたえる。

「ええ、そうです」

「……で、その芦沢という半グレは、今のところは、逮捕・監禁の容疑で身柄を押さえているわけだな？」

「はい」

「じゃあ、早急に手を打って、春日井の死との関連を追及しなけりゃならんな」

「はい」

「わかった。殺人犯捜査のどこかの係にやらせよう。ごくろうだった」

谷口は驚いた。お役御免というわけか……。てっきり、自分たちが捜査を続けるものと思っていた。

黒田は黙って頭を下げた。

池田管理官が言う。

「最も事情をよく知っているのは、君らだ。殺人犯捜査係と協力してくれ」

黒田がこたえる。

「了解しました。では……」

黒田はそのまま、その場を去ろうとした。あまりにあっさりしているので、谷口は唖然とする思いだった。

「おい、黒田」

池田管理官が呼び止め、黒田は立ち止まって振り向いた。

池田管理官の言葉が続く。

「俺はこれで、ようやく溜飲が下がった思いだよ。ごくろうだった」

黒田はもう一度頭を下げた。谷口も慌ててそれにならった。

管理官席を離れると、谷口は言った。

「自分らが担当するんじゃないんですね」

「殺人事件となれば、殺人犯捜査係の仕事だ。俺たち二人じゃやれることに限度があるし、継続捜査の仕事はここまでだ」

「それが特命捜査係だよ」

席に戻るかと思ったら、黒田は階段に向かった。谷口は尋ねた。

「どこに行くんです?」

「二課だ。多岐川がいるといいんだが……」

「あ、そう言えば、もともとは多岐川さんから頼まれたんでしたね」

二課の第三係にやってくると、多岐川の姿があった。彼は黒田と谷口に気づくと、片手を上げた。

「よう。どうした」

黒田が言う。

「運良くいてくれたな。二課は、たいてい本部庁舎にはいないからな」

「今は事案を抱えていないんだ。それで……?」

「進展があったので知らせに来た」

多岐川が声を落として身を乗り出す。

「藤巻の件か?」

「二十年前の件だが、藤巻はシロだ。あいつを挙げることはない」

多岐川はしばらく黒田の顔を見ていたが、やがて顔をしかめた。

「空振りか……」

「政治資金規正法や贈収賄ってのは、どの程度確実な話なんだ？」

多岐川は、さらに渋い顔になる。

「もしや、と思ったんだ。今、藤巻を挙げられたら、恰好の見せしめになる。最近、何かと注目を集めてるしな……。ＳＳの集金システムは、明らかに違法の疑いがあった」

「無茶言うなよ。首相の友達だぞ」

「だから、もし、過去の殺人か、自殺幇助で検挙されたら、余罪を追及できるんじゃないかと思ったわけだ」

「その程度のことで、俺たちを動かしたのか？」

「おかげで半グレを挙げられたんじゃないか。ＳＳ幹部が死んだ件でも立件するつもりだろう？」

黒田は、凄味のある笑みを浮かべた。

「俺たちは一か八かで踊らされていたわけだ」

つまり、多岐川は政治資金規正法や贈収賄の証拠をつかんでいたわけではないのだ。一か八かというより、ダメ元だったということか……。

多岐川が言った。

「そう凄むなよ。……そうか。藤巻はおとがめなしか……。じゃあ、俺たちも手が出せない」

「どうせ、政治資金規正法なんかもシロだよ。あいつはそんなに悪党じゃない」

「そうなのか」

「この借りは、いずれ返してもらうぞ」

「借りだって？」

「当然だろう。俺はただ働きはしない」

そう言うと、黒田は再び笑いを浮かべ、多岐川の席を離れた。

24

月曜日の午後五時に、『ニュースイレブン』鳩村班の主要メンバーが顔をそろえていた。デスクの鳩村、サブデスクの栃本、キャスターの鳥飼、香山恵理子、そして記者の布施だ。

彼らはいつもと同じように大テーブルを囲んでいる。いつもと違うのは、同じテーブルに油井局長がいることだ。

今日は本来、別の班の当番日だったが、恵理子の事件を押さえている鳩村班が急遽担当することになった。

そして、最初の会議の前に、油井局長に今回の出来事の顚末を報告することになっていた。

まず恵理子が、芦沢に拘束された経緯を報告した。それに続いて、布施が藤巻清治と今回の出来事の関わりについて説明した。

恵理子の報告は、事実を述べただけの短いものだったが、布施の説明は、藤巻と芦沢の関係や、二十年前の事件を網羅しており、長くて複雑なものだった。

その話を聞き終わった油井局長が言った。

「香山がオンエア時に局に来られなかったことについては理解した」

恵理子は頭を下げた。

「ご迷惑をおかけして、申し訳ありませんでした」

「不可抗力だったんだ。それはいい。……さて、布施の話だが……」

油井局長は、そこで間を取ってから言葉を続けた。「じゃあ、何か？　香山の監禁に、藤巻は関わっていないということか？」

「ええ」

布施がこたえる。「実行犯としては……」

「教唆でもないんだな？」

「違います」

「きっぱり言ったな。裏取ってるのか？」

「だいじょうぶです」

「ふうん……」

油井局長が考え込む。「二十年前の事件にも、関与していないんだな？」

「それについては、警察がこれから調べ直すことになると思いますが、直接関わってはいませんね」

「芦沢という重しを抱えつつ、仕事でよく大成功できたもんだな」

「嫌なことや面倒なことはなかったことにして、常に前に進む。藤巻さん、そういう性格ですから……。それに、仕事が成功した陰には、実は芦沢の力もあったんだと思います。金融の仕事はきれい事じゃ済みませんから……」

「恐れつつ、したたかに利用もしていたということか」

「はい」

油井局長は、大きく溜め息をついた。

「結局、芦沢という半グレが、香山に対する逮捕・監禁の罪で捕まったというだけのことか……。大山鳴動して鼠一匹というやつだな。藤巻の検挙でもあれば、でかいニュースになったものを……」

そのとき、栃本が言った。

「いや、警察が二十年前の事件を再捜査するっていうのは、布施さんの大スクープやと思いますよ」

油井局長は、一度栃本を見てから、鳩村に尋ねた。

「そうなのか？」

鳩村はうなずいた。

「いわゆる、『捜査関係者への取材によると』というやつで報道できます。他局はおろか、新聞、週刊誌も、このネタにはまだ気づいていないでしょう」

「いいじゃないか」

「しかも、逮捕・監禁の件については、キャスターが直接の被害者なわけです。つまり、当事者の生の声を放映できるということです。これは他局には真似できないので、注目を集めると思います」

油井局長の機嫌がとたんによくなった。

「ますますいいな。よし、今日はその線でやってくれ」

鳩村は、恵理子に尋ねた。

「だいじょうぶか？」

恵理子はこたえた。

「もちろん」

番組のキャスターだからといって、犯罪の被害者に直接語らせるのは気が引けた。だが、視聴者はそれを期待しているはずだ。

不謹慎だと言われようが、視聴率が取れそうなチャンスを決して逃さないのがテレビだ。

油井局長が立ち上がった。鳩村も立ち上がろうとしたが、油井がそれを制止した。

「いちいち立たなくていい。それよりな……」

「はい」

「栃本のレギュラーコーナーの件、まだ生きてるからな。早急に考えろ」

栃本がきょとんとした顔で「えっ」と言った。

油井局長は、それにかまわず、出入り口に向かった。


記者の一人が、恵理子から話を聞き、原稿を書いた。鳩村はそれをチェックした。

予告なく番組を休んだことへのお詫びから始まり、自分の身に何が起きたかを、淡々と述べる内容だった。

まだ、芦沢は送検前だ。警察の調べの最中とあって、あまり突っ込んだ内容にはできない。恵理子もそれを充分に考慮している。それが原稿から伝わってくる。

視聴者に心配かけたことを、再びお詫びし、怪我などは一切なく、暴力も振るわれていないことを告げて、原稿は終わっていた。

語句の細かな手直しをして、恵理子に原稿を差し出した。

「問題ないだろう」

原稿を受け取った恵理子が言った。

「降板を告げられるかと思いました」

鳩村は驚いて顔を彼女に向けた。

「そんなこと、あるはずないだろう……」

「油井局長なら、言いそうなことです。きっとデスクが取りなしてくださったんでしょう」

鳩村は恵理子の眼を見て言った。

「局長は、自分の眼の黒いうちは『ニュースイレブン』を打ち切りにはしないと言っている。彼は俺たちの味方だ。つまり、君の味方でもある」

恵理子はほほえんでうなずいた。

「わかりました」

話は終わりだと思ったが、恵理子がさらに言葉を続けた。

「監禁されていたホテルで、『ニュースイレブン』のオンエアを見ていました」

「え……」

鳩村は視線を彼女に戻した。

「あんな気持ちは、二度と味わいたくありません。今後ともよろしくお願いします」

鳩村はうなずいてみせた。

「こちらこそ、よろしく頼む」

その日のオンエアのトップが、恵理子の逮捕・監禁のニュースだった。鳥飼が事実を告げた後、恵理子が原稿どおりにコメントを発表した。

そして、そのニュースの終わりに、芦沢が関与している疑いがあるとして、警察が、二十年前に自殺として処理した事件を再捜査する方針であることが、「捜査関係者への取材により」わかったと、鳥飼が告げた。

モニターを見ながら、鳩村は思った。

今回も布施のおかげでスクープが手に入った。そう考えるべきだろうか……。

ふと気づくと、布施の姿がどこにもない。オンエアの前に、局を抜けだしたのだ。

まったく、あいつは……。

鳩村は、そう思いながらモニターに眼を戻した。

突然、関西弁が聞こえてきた。

八時の会議のときに、「どうせやるなら、さっさと始めましょ」と栃本が言って、さっそく今日からコーナーを立ち上げることになった。一件だけ、ニュースを取り上げて、栃本がコメントするコーナーだ。

関西弁は強いなあ……。

鳩村はそう思っていた。なんだか、自分の気持ちを代弁してくれているような気がしてくる。栃本のコーナーを見た視聴者も、きっと同じ気持ちになってくれるだろう。

人気コーナーになってくれるのは間違いない。

テレビの番組なんて、いつまで続くかわからないし、鳩村もいつ異動になるかわからない。だが、こうして『ニュースイレブン』が続く限り、俺は全力を注ごう。

鳩村は改めてそう思った。


芦沢の件を担当する殺人犯捜査係に、引き継ぎが終わったのは、木曜日の午後だった。

「これが特命捜査係だっておっしゃいましたけど……」

谷口は黒田に言った。「なんだか、トンビに油揚げをさらわれたような気分ですね」

黒田が言った。

「さっさと頭切り替えろよ」

「はい……。でも、芦沢の殺人、立件できるでしょうか……」

「池田管理官は本気だ。必ずやる」

「そうですね」

谷口もそう信じることにした。

「今日は、久しぶりに『かめ吉』にでも行ってみるか……」

事案にかかりきりで、できなかった書類仕事を片づけ、気がつくと、午後八時を回っていた。

黒田とともに本部庁舎を出て、『かめ吉』に向かった。腹が減っており、とにかく何か腹に入れたかった。

『かめ吉』はそこそこ客が入っていたが、谷口たちは、いつもの奥の席を確保できた。二人ともビールを注文し、名物のあら煮やだし巻き卵など、肴（さかな）を適当に頼んだ。

ビールを一口飲んだとき、二人の記者が近づいてきた。東都新聞の持田と広野だ。持田がいつものにやにやした顔で話しかけて来た。

「やあ、どうも……」

黒田は彼らのほうを見もしないで言う。

「食事中だ。あっちへ行ってくれ」

「参りましたよ」

広野が言った。彼は持田とは対照的で、渋い顔をしている。「『ニュースイレブン』でニュースを見るまで、まったく気がつきませんでした。黒田さんが麻布署を訪ねたのは、二十年前の事件について調べるためだったんですね」

黒田が言う。

「あんた、麻布署の担当だろう。なんでこんなところにいるんだ？」

「お会いして、怨み言の一つでも言わせてもらおうと思って……」

「怨み言を言われる筋合いはない」

「ＴＢＮの布施には、いろいろと教えたんでしょう」

　すると、持田が言った。

「黒田さんと布施ちゃんは、仲がいいからなあ」

　黒田は二人を交互に睨みつけた。

「別に仲がいいわけじゃねえぞ。二十年前の件に関しては、布施が優秀で、あんたらが間抜けだったということだろう。俺に文句を言うのは筋違いだと言ってるだろう。さあ、あっちへ行け」

　持田と広野は言葉を失った。

　ややあって、広野が言った。

「たしかに間抜けでしたよ。だから、次に何かあったら、きっちりマークさせてもらいますよ」

「麻布署で仕事してろよ」

　持田と広野は離れていった。二人はしばらく店内にいたが、やがて連れだって出ていった。

　谷口は言った。

「これで、落ち着いて飲めますね」

　黒田はそれにはこたえず、大声でビールのお代わりと、焼き鳥の盛り合わせを注文した。

　肴を平らげ、ビールジョッキ二杯を飲み干した頃、布施が店に顔を出した。彼は、谷口たちに気づくと、近づいてきた。

「ここ、いいですか？」

　彼は谷口の隣に腰を下ろした。黒田は、何も言わない。たしかに持田たちとは扱いが違うと、谷口は思った。

「ちょうどよかった」

　布施が言うと、黒田が尋ねた。

「何がだ？」

「ここで腹ごしらえをしたら、『ハーフムーン』に行こうと思っていたんです」

「それで……？」

「いっしょにどうです？　藤巻さんも来るはずです」

　どんな返事をするだろうと思いながら、谷口は黒田を見た。

　黒田がしかめ面をして言った。

「どうしても付き合えと言うのなら、行ってもいい」

　布施が言った。

「どうしても付き合ってください」

それから布施は、ビールと料理を注文して、旺盛（おうせい）な食欲を見せた。

布施とともに、谷口と黒田が『ハーフムーン』にやってきたのは、午後十時過ぎだった。

黒田が布施に言った。

「おい、貸し切りの札がかかっているぞ」

「落ち着いて話がしたいんで、貸し切りにしたんでしょう」

布施が店に入った。黒田と谷口はそれに続く。

「いらっしゃい」

カウンターの中の遠藤明子が言った。そこにはもう一人女性がいた。篠田麻衣だった。

「あれ……」

谷口が彼女に言った。「『ライザ』は休みですか？」

篠田麻衣がこたえる。

「あ、『ライザ』辞めました」

「え……」

明子が言う。

「ここ、いっしょにやってもらおうと思って……。お給料は減っちゃうけどね」

「でも、やり甲斐がありますから」

カウンター席に、藤巻がいた。彼は、布施を見て一言「やあ」と言った。なんだか、しおらしく見える。

布施が藤巻の隣に座り、その隣が黒田、そしてそのまた隣が谷口だった。

黒田が布施に言った。

「えーと……。それで、何か特別な話があるのか？」

その問いにこたえたのは、明子だった。

「麻衣ちゃんの誤解を解くのは、私の責任だと言ったでしょう。だから、説明したのよ。玲子をひどい目にあわせたのは、藤巻じゃなくて、芦沢だったんだって……」

麻衣が言った。

「テレビやネットで見るたびに、殺してやりたいと思うほど、憎んでいたんですけど……」

藤巻が言った。

「言い訳はできないね。芦沢がやったことを知っていながら、怖くて何もできなかったんだ。そればかりか、あいつのご機嫌を取るようなことをしていた」

明子が、ふんと鼻から息を吐いた。

「それについては、ずいぶんと考えた。まあ、あんた、ほめられたモンじゃないけど、芦沢が怖かったのは、私と同じだったんだということは理解できた」

「それで……？」

黒田が麻衣に尋ねた。「誤解は解けたのか？」

「ええ。なんだか、悪い魔法にかかっていたような気分です。今は、藤巻さんのこと、別に憎んではいません」

黒田は、藤巻に視線を移した。

「よかったな」

藤巻は肩をすくめた。

「俺に対する感情が、マイナスからゼロになったということだ。これから、罪滅ぼしをしないとな……」

「ところで、一つ訊きたいんだが……」

「何だ？」

「あんた、政治資金規正法なんかに違反していないか？」

黒田の問いに、藤巻はぽかんとした顔になった。

「何だ、それ……」

「二課が眼を付けているんだよ」

「政治献金とか寄付金とかの話か？　俺とは無縁だよ」

黒田はうなずいた。

「なら、いいんだ。まあ、痛くもない腹を探られないように気をつけるんだな」

明子が言った。

「私も麻衣に嘘をついていたことを謝らなけりゃならない。だからさ、私と麻衣と藤巻と、この場で手打ちってことにしたいんだ。いつまでも闇を抱えていたくないしね。布施さんと刑事さんたち、立会人になってくれる？」

「手打ちだって？　反社会的勢力みたいな言い方だな」

黒田が言った。「まあ、いいか……」

「じゃあ、俺、シャンパン入れますよ」

布施が言った。「レイちゃん……、いや麻衣ちゃんが『ハーフムーン』に移ったお祝いも兼ねて……」

明子が言う。

「それはありがたいわね」

麻衣が店の奥からシャンパンのボトルを持ってきた。それを受け取った明子が栓を開ける。

小気味いい音が、店内に響いた。

解説

西上心太

〈倦まず弛まず〉という言葉があるが、今野敏という作家にこそふさわしい言葉だと思う。今野敏は一九七八年に「怪物が街にやってくる」で、第四回問題小説新人賞を受賞してデビューした。まだ上智大学在学中のことであった。つまり二〇二三年の今年はデビュー四十五周年という記念すべき年なのである。

現在では警察小説といえば今野敏とまず指を折られるほど、実力と高い人気を誇る作家であるが、実は初めからそうであったわけではない。氏がデビューした一九八〇年前後は出版業界がまだまだ右肩上がりだった。冒険小説やハードボイルド小説、バイオレンスアクション小説など、さまざまなジャンルのエンターテインメント小説が勃興し、多くの優秀な人材が集まった。さらに角川書店や講談社が新書判のノベルス叢書を創刊し、カッパ・ノベルスを代表とする旧勢力との間に〈ノベルス戦争〉も勃発し、書き手にとってはチャンスにあふれた時代でもあった。

今野敏はまさしくその時代と共にキャリアを重ねてきた作家である。だがベストセラーを記録し、大きな文学賞を受賞するなど、名声と実績を上げていった仲間たちの後塵を拝した感は否めない。彼らは小説誌に連載を持ち、初刊はハードカバーで刊行されるのが当たり前になっていった。そのような状況の中で、今野敏は倦むことなくノベルスを主要戦場として書き続けていったのだ。

今野敏は学生時代に新人賞を受賞し、卒業後はレコード業界という希望した職業に就いた後に専業作家へと転身を遂げた。だが好況ゆえの注文こそあれ、作品を高く評価されるまでには至らなかった。一九八二年に初の著作として『ジャズ水滸伝』（改題『奏者水滸伝　阿羅漢集結』講談社文庫）が四六判で刊行されたが、その後に続く六十作品ほどはすべてノベルス版だったのだ。ようやく二冊目の四六判となる『蓬萊』（講談社）が出版されたのは十二年後の一九九四年であった。後に〈東京湾臨海署安積班〉シリーズとして大人気になる安積警部補が登場するこの作品は、「このミステリーがすごい！95年版」で十八位にランクされ、ようやくミステリーマニアの注目を集めたものだ。

それ以来、ノベルスだけでなく四六判のハードカバーによる刊行も増えてきたが、今野敏の大ブレイクは、二〇〇五年の『隠蔽捜査』（新潮社）を待たねばならなかった。この作品が第二十七回吉川英治文学新人賞受賞、続編の『果断―隠蔽捜査2―』（二〇〇七年、新潮社）で第二十一回山本周五郎賞、第六十一回日本推理作家協会賞を受賞し、一気に今野敏の人気が爆発したのである。

その後、当時としても百冊を超える既刊作品の文庫化、再文庫化が続き、常に一定のレベルを保って〈倦まず弛まず〉作品を上梓し続けてきた今野作品の面白さが、マニア以外の読者にも広く知られるようになったのである。

本書は〈スクープ〉シリーズ第五弾の文庫化である。シリーズ最新刊でもあるのでこれまでの書誌データを記しておこう。

一　『スクープですよ！』（一九九七年　実業之日本社）→『スクープ』（改題、二〇〇九年　集英社文庫）
二　『ヘッドライン』（二〇一一年　集英社→二〇一三年　集英社文庫）
三　『クローズアップ』（二〇一三年　集英社→二〇一五年　集英社文庫）
四　『アンカー』（二〇一七年　集英社→二〇二〇年　集英社文庫）
五　『オフマイク』（二〇二〇年　集英社→二〇二三年　集英社文庫）本書

このシリーズの最も大きな美点は、テレビ局ニュース記者と警察官という、立場の違う二人の取材と捜査過程を描き、その二つを融合させたハイブリッド小説であることだろう。元々の主役は乃木坂にあるＴＢＮテレビの報道局社会部記者の布施京一だ。彼は午後十一時から始まる看板ニュース番組〈ニュースイレブン〉の遊軍記者を務めている。単独行動を好み、定例会議にたびたび遅れたり欠席したりするなど、生真面目な上司の受けは悪い。深夜には六本木や赤坂界隈で遊び歩いているようにしか見えないが、広い人脈を持ち、いくつもスクープをものにしている男である。

もう一方の主役は黒田裕介巡査部長である。彼は未解決事件の継続捜査を行う警視庁捜査一課特命捜査対策室に所属している。記者たちは公式発表では明かされないネタを、捜査に携わる警察官（刑事）から聞き出そうと鎬を削る。警視庁の刑事たちが勤務後の一杯や食事のために集まるのが、本庁舎からほど近い千代田区平河町にある居酒屋「かめ吉」である。勤務後のプライベートの時間にずかずか踏み込む記者たちに対して邪険な態度を取ったり、警察にとって都合が良いネタ、害のないネタをほのめかしたり、癒着や情報漏洩には当たらないように、互いに納得ずくのやりとりを交わすのである。ところが布施はこのような場にいても一人超然としており、何も訊ねてこない布施に対して逆に黒田が憮然とするシーンもある。単純な図式でくれない二人の関係も読みどころの一つだ。

本書は二十年前に起きた自殺事件が物語の端緒となる。ＩＴバブルに踊った時代に、〈ＳＳ〉という大学生のイベントサークルが、六本木界隈の盛り場で派手な活動をしていた。その幹部の一人が、六本木のマンションの自室で縊死したのだ。捜査二課の同期から、黒田はこの事件の再捜査を秘かに依頼される。自殺という結論には警察内部から疑問の声も上がっていたというのだ。その結論がひっくり返れば、当時の関係者が現在関与している疑いがある、政治家に対する贈収賄捜査を開始する端緒にしたいという思惑があったのだ。

一方、ニュースイレブンが打ち切りになるのではないかという噂が流れ始める。その陰に過激な発言をくり返しネット世界のカリスマと呼ばれる、IT企業経営者・藤巻清治の存在が浮かび上がる。藤巻は首相とも親しい仲であることを公言しており、番組のキャスターであるフリーアナの香山恵理子に執着しているというのだ。やがて黒田は〈SS〉の主宰者が藤巻であったことを知る。そして番組放送直前に、思わぬアクシデントが起きるのだった。

このシリーズ第二の美点は視点の工夫だ。ハイブリッド小説と述べたように、布施が所属するテレビ局側と、黒田の警察側の動きが交互に描写される。その二つのパートの視点人物が布施や黒田ではないのである。テレビ局側の視点人物は、番組のデスクである鳩村昭夫に固定されているのだ。生真面目な性格で仕事には熱心だが杓子定規な傾向があり、組織の和に無頓着な布施の行動を苦々しく思っている。第一作は布施視点だったため、危険な取材をものともしない布施の姿が逐一描かれ、布施の言動も行動もハードボイルドタッチだったので、未読の方は現在の作品と読み比べてみるのも一興だろう。

ところが二作目以降は鳩村視点であるので、布施の露出が減り、そのおかげで彼の神出鬼没、変幻自在ぶりが目立つようになったのである。つまり主人公をあまり描かないことで、逆に際立たせるという高度なテクニックを使っているのだ。

一方の警察側だが、二作目の『ヘッドライン』までは黒田の視点で描かれていた。だが次の『クローズアップ』からは黒田の〈ペア〉である谷口勲巡査の視点で描かれるようになった。これも巧みな工夫だった。ベテラン刑事が聞き込みによって得た情報から引き出される読みを、直接描写するのではなく、若手刑事の視点によってワンクッション置かれることで、読者も捜査の場にいるような臨場感を味わえるようになったのだ。本格ミステリーの終盤にある名探偵の謎解きが、小出しになったような気分ともいえるだろうか。

第三の美点は今野作品全般にいえることなのだが、ごく普通の正義をまっとうしようとする登場人物たちの姿勢だろう。ニュースイレブンのメインキャスターであるベテランアナウンサーの鳥飼行雄が、権力者への忖度こそがマスメディアの役割放棄になり、マスメディアが過去に犯した大きな過ちに繋がっていくのだと発言するシーンがある。このような正論を登場人物の口を借りてとはいえ、衒（てら）いなく述べさせる作者の姿勢は共感を呼ぶに違いない。一方で警察という権力の中にいる黒田は、事件にかかる圧力をかわす巧みな言動やテクニックを見せる。また、心の裡（うち）が描かれない布施にしても、その行動から彼の心の持ちようが伝わってくるのだ。

ベテラン刑事と若手刑事。ベテラン刑事とニュース記者。後者の組み合わせによる行動はあまりないが、紛れもなくこのシリーズは相棒小説といえるだろう。ますますの円熟ぶりを見せる作者の腕前が、異色のハイブリッド相棒小説シリーズで味わえるのだ。

（にしがみ・しんた　書評家）

本書は二〇二〇年七月、集英社より刊行されました。

初出
「小説すばる」二〇一九年三月号〜二〇二〇年二月号

S 集英社文庫

オフマイク

2023年2月25日　第1刷　　　　定価はカバーに表示してあります。

著　者　今野(こんの)　敏(びん)

発行者　樋口尚也

発行所　株式会社　集英社
東京都千代田区一ツ橋2-5-10　〒101-8050
電話　【編集部】03-3230-6095
【読者係】03-3230-6080
【販売部】03-3230-6393（書店専用）

印　刷　凸版印刷株式会社

製　本　凸版印刷株式会社

フォーマットデザイン　アリヤマデザインストア　　　マークデザイン　居山浩二

ISBN978-4-08-744485-8 C0193